L'ENFANT-MÉMOIRE

DE DANIELLE MARTINIGOL DANS
Le Livre de Poche Jeunesse

L'or bleu
Les soleils de Bali
Les oubliés de Vulcain
Prix Tam-Tam, 1995
Prix Jeunesse de Saint-Dié, 1995
Prix de la P.E.E.P., 1996
Prix Lire au Collège, 1996

D'ALAIN GROUSSET DANS
Le Livre de Poche Jeunesse

La citadelle du vertige
Grand Prix du Ministère de la Jeunesse et des Sports, 1990
Les chasse-marée
Grand Prix de l'Imaginaire, 1994
Les mangeurs de châtaignes

D. MARTINIGOL/A. GROUSSET

L'ENFANT-MÉMOIRE

Illustrations :
Manchu

HACHETTE
Jeunesse

43, quai de Grenelle, 75015 Paris.

1

Nunzia

Nunzia était triste. D'une tristesse à vous gonfler le cœur, à vous étreindre la poitrine, à vous ôter toute joie de vivre. Assise en tailleur sur un canapé en demi-lune, face au hublot panoramique du *Vangélis,* elle regardait sans vraiment le voir le merveilleux spectacle de l'hyperespace. Autour du vaisseau, des volutes arc-en-ciel se déployaient. Comme à chaque bond à pleine puissance dans les contractions de l'espace-temps, les étoiles étaient déformées au point de devenir de simples traits lumineux. Plus rien des repères normaux n'existait. Mais Nunzia ne parvenait pas à s'émerveiller de ces prouesses techniques. Elle se sentait malheureuse.

Sur ses genoux se trouvait son *note-book.* Depuis plusieurs mois déjà, elle y inscrivait ses moindres faits et gestes, ainsi que des poèmes, qu'elle n'avait jamais osé montrer à qui que ce soit.

Aujourd'hui, elle avait écrit longuement pour dire combien, déjà, elle regrettait la Terre.

Chaque seconde supplémentaire l'éloignait de millions de kilomètres de sa planète natale et cela lui déchirait le cœur. Là-bas elle avait laissé ses douze premières années, ses grands-parents, ses amis.

Pourtant, en apprenant qu'avec ses parents elle allait quitter le système solaire et rejoindre la planète Universelia, Nunzia avait été emballée. Pensez donc, la planète du Savoir, située au centre exact de la galaxie, sanctuaire culturel de tous les peuples ! Elle avait été ravie, même, de surprendre dans les yeux de ses camarades une pointe de jalousie. C'était un honneur que son père ait été choisi pour cette mission. Il allait représenter pendant quatre ans la Délégation terrienne au sein du Conseil d'Universelia. Ce Conseil regroupait des représentants de toutes les civilisations connues de la galaxie.

En quelques jours, les derniers de l'année scolaire, elle était devenue presque une vedette dans le Centre d'Humanités où elle étudiait. La veille de son départ, elle avait organisé une fête et chacun de ses amis lui avait apporté un cadeau, un message d'adieu, des recommandations. Promis, juré, elle écrirait à tout le

monde, non, jamais elle ne les oublierait. Prise dans la tourmente des préparatifs et l'excitation du départ, elle n'avait pas vu le temps passer.

Mais maintenant, au vingt-deuxième jour d'une longue traversée dans l'immensité froide de l'univers, elle se sentait seule, très seule. Elle, qui d'ordinaire débordait d'énergie et de joie, était envahie par une peur qui la paralysait presque, la recroquevillant sur elle-même.

Au cours de la période de sommeil précédente, elle avait fait un rêve étrange. Ses amis étaient avec elle sur Universelia, mais tous portaient un masque blanc, figé, sans expression. Devant la baie du *Vangélis,* elle essayait en vain de faire défiler sous ses yeux, sur l'écran noir de l'espace, les visages de ceux qu'elle aimait et qui étaient maintenant si loin d'elle. Des bribes d'images se dessinaient, mais rien de précis. Elle craignait d'avoir oublié tous ces êtres aimés comme si le vide intersidéral avait lessivé sa mémoire. Elle en aurait presque pleuré.

« Nunzia ! Cela fait des heures que tu es ici. »

La jeune fille reconnut la voix de sa mère qui approchait, mais ne tourna pas la tête. Seule elle était, seule elle voulait rester. Prestement, elle glissa son journal intime derrière elle. Sa mère s'assit tout près d'elle et la prit dans ses bras.

« Je sais ce que tu ressens, lui dit Inès de sa voix douce. Moi-même, j'ai des images de la Terre qui me reviennent sans cesse. L'éloignement nous fait brusquement comprendre la valeur de bien des choses. Ce à quoi nous ne portions guère d'attention nous apparaît soudain irremplaçable. Je comprends tes sentiments pour les avoir éprouvés tant de fois avec mes parents... »

Fille d'un ambassadeur terrien, Inès Tivali savait ce que signifiait « laisser des souvenirs derrière soi ».

La jeune femme se mit à caresser doucement les boucles brunes de sa fille. Nunzia se laissa aller contre elle et posa la tête sur son épaule.

« Maman, j'ai un pressentiment. Comme si une menace m'attendait là-bas sur cette planète Universelia. Je suis sûre que je ne m'y plairai pas. Ce monde doit sentir la poussière à des milliers de kilomètres. Mis à part des rats de bibliothèque, qui veux-tu qui y vive ? Tu te rends compte : des milliards de livres sur des kilomètres de rayonnages, des tonnes d'hologrammes et de CD-Rom, des mètres cubes de tablettes de cire et de vieux parchemins ! Et moi, au milieu de tout cela, avec mon mètre quarante et mes trente-cinq kilos... »

Sa mère se mit à rire. Elle retrouvait bien là sa fille : spirituelle et toujours excessive !

« Tu te moques de moi ! protesta la jeune fille.

— Nunzia, tu critiques un endroit que tu ne connais même pas ! Allez, viens avec moi. Allons nous promener dans la grande serre. Ça nous oxygénera. Je te dirai ce que je sais sur Universelia. »

En soupirant, Nunzia se leva. Elle n'en démordrait pas. Les habitants de cette planète devaient être bizarres, comme les personnages masqués qu'elle avait vus en rêve.

« Dépêche-toi », insista Inès.

À contrecœur, elle suivit sa mère.

2

O'KrYn

Ce fut après la période de sommeil, pendant le petit déjeuner, que Nunzia s'aperçut de la catastrophe. Son *note-book* était introuvable ! Elle eut beau fouiller sa cabine de fond en comble : pas de trace du précieux journal. Malgré son énervement, elle tenta de réfléchir. Elle passa en revue sa journée de la veille et en arriva à la conclusion qu'elle n'avait pu l'oublier que sur le divan en demi-lune, face au hublot. Sans perdre une minute, elle sortit de sa chambre et courut à travers les coursives à la recherche de son bien.

Deux étages plus bas, elle pénétra enfin dans la salle panoramique du *Vangélis* déserte à cette heure très « matinale ». Elle s'approcha rapidement du canapé. Horreur, son journal avait été découvert ! Assis sur le divan, un garçon étrange était plongé dans la lecture des pages-écrans qu'il faisait défiler à toute vitesse.

« Il ne faut pas te gêner ! » s'écria-t-elle ulcérée.

Lentement, sans avoir sursauté le moins du monde, le garçon tourna la tête dans sa direction et lui sourit. Son sourire était mélancolique, comme si malgré son âge il était déjà accablé de soucis. Cela désarma Nunzia. Elle sentit retomber son agressivité. Elle le détailla.

Il portait une tenue peu courante pour un garçon de cet âge : une tunique de soie blanche et un pantalon noir brillant. Son regard était fascinant. Il avait des yeux incroyables. Les iris en étaient d'un vert très pur ; quant aux pupilles, elles ressemblaient à celles d'un chat ! À cela, Nunzia le reconnut comme étant un Orionis, un homme venu de la constellation d'Orion... C'était la première fois qu'elle avait l'occasion de voir en chair et en os un de ces êtres étranges, célèbres dans toute la galaxie pour leur immense sagesse écologique. Sans doute était-il monté à bord du *Vangélis* lors de l'escale du Grand Maat, la station artificielle d'approvisionnement où ils s'étaient arrêtés quelques heures plus tôt.

« Pardonne-moi, dit-il enfin d'une voix empreinte de gravité. J'ai trouvé ce *note-book* coincé entre les coussins et, ne sachant à qui il appartenait, j'ai eu la curiosité d'y jeter un œil. Devant ta réaction, j'en conclus que tu es... »

Après un instant de silence passé à la dévisager, il poursuivit en souriant, comme soulagé de la découvrir ainsi :

« Nunzia. »

Il prononça son nom d'une telle manière que Nunzia frémit. Le son résonna dans la salle, accompagné d'échos qui se terminèrent en murmures chantants. Nunzia recula d'un pas, impressionnée. Qui était ce garçon ? Il lui tendit son journal intime qu'elle prit aussitôt pour le serrer contre sa poitrine.

« Merci », fit-elle d'un ton radouci.

Elle pensa qu'il n'avait pas lu grand-chose, vu la vitesse à laquelle il consultait l'écran. Elle s'était emportée, comme à son habitude. Mais soudain, la voix s'éleva à nouveau :

« *Le chant des baleines répond à celui des étoiles.*
Lorsque je scrute dans le ciel l'immense toile,
Je revois les mêmes points brillants
Que dans tes yeux toujours pétillants...

— Mais... c'est... mon poème ! » bafouilla Nunzia, estomaquée.

Sacrilège, il avait appris le début de l'un de ses poèmes ! Quel toupet ! Il n'avait pas le droit ! Elle fit deux pas en avant, se pencha et, l'attrapant par le bras, l'obligea à se lever pour lui faire face. Il était un peu plus grand qu'elle. Elle leva le nez et rugit :

« Dis donc, je ne t'ai pas autorisé à apprendre par cœur un de mes poèmes. Tu as intérêt à l'oublier et plus vite que ça ! »

Le garçon posa sa main sur celle de Nunzia, toujours accrochée à son bras. Le contact fut doux et tendre. À nouveau, Nunzia frissonna.

« Je n'oublierai jamais tes mots », dit-il avec un sérieux étrange.

Nunzia pensa qu'il se fichait d'elle. Elle savait bien que ses poèmes n'étaient pas des chefs-d'œuvre, mais tout de même... Tourner ce qu'elle écrivait en dérision au point de dire qu'il n'oublierait jamais...

Or, le garçon n'avait pas l'air du tout de se moquer d'elle. Au contraire, les yeux fermés, il se remit à réciter de sa voix mélodieuse la suite du poème qui prenait soudain une dimension nouvelle. Il rouvrit enfin les paupières et son regard la pénétra une seconde fois au plus profond d'elle-même.

« Je trouve cela très joli, dit-il. Tu peux me croire, je ne mens pas. Je ne mentirai jamais. »

Il avait l'assurance et la naïveté des très jeunes enfants.

« Tout le monde ment un jour ou l'autre », pensa Nunzia avec ironie. Le garçon dut percevoir son doute car il ajouta :

« Je ne mentirai jamais car je ne peux pas mentir. Je n'oublierai jamais car je ne peux pas oublier. C'est ainsi. »

Elle le regarda avec des yeux ronds.

« Mon nom est O'KrYn, dit-il en s'inclinant, je suis le Gardien des lunes d'Orionis. »

La tunique de soie blanche qu'il portait brilla sous les lumières du *Vangélis.* Nunzia remarqua que le vêtement était décoré d'incrustations reproduisant des signes inconnus. Était-ce son nom dans sa langue ? O'KrYn se rassit et invita Nunzia à en faire autant en tapotant le canapé à sa droite.

« Mon monde s'appelle Orionis et gravite autour de Rigel, l'un des soleils de la constellation d'Orion, continua-t-il. Nous portons le même nom que notre planète. Mais celle-ci n'est plus qu'un monde mort. Depuis des millénaires nous vivons sur nos lunes. Il y en a cinq. C'est un spectacle magnifique que celui de les contempler depuis l'espace. Et toi, Nunzia, qui es-tu ? »

Était-il utile que Nunzia se présente à son tour ? Il avait lu son journal. Il savait presque tout d'elle. Elle haussa les épaules, fataliste.

« Je vais avec mes parents sur Universelia ; y vivre quatre ans standard. Mon père vient d'être nommé Conseiller de la Délégation terrienne, finit-elle par dire.

— Et tu es triste, constata-t-il, car tu as laissé tes amis sur Terre. »

Elle ne répondit rien, la gorge serrée.

« Universelia est également ma destination », ajouta-t-il.

Nunzia retrouva aussitôt le sourire.

« On pourra se voir, alors ? s'exclama-t-elle toute heureuse.

— Je ne pense pas, répondit O'KrYn avec son sourire mélancolique. D'ailleurs, je ne resterai pas longtemps sur Universelia et ma mission officielle y sera de la plus haute importance. »

Nunzia le considéra, surprise. Une « mission » ? Un garçon si jeune ?

« De quoi s'agit-il ? demanda-t-elle, curieuse.

— Je ne peux te répondre.

— Je croyais que tu ne pouvais pas mentir, grogna-t-elle, vexée que le garçon n'adhère pas avec plus d'enthousiasme à sa proposition d'amitié.

— Ne pas répondre n'est pas mentir, dit-il en riant.

— Je vois, murmura-t-elle, amère, Monsieur est un spécialiste des phrases qui sonnent bien ! »

Le garçon partit d'un vrai éclat de rire.

« En quelque sorte, oui..., déclara-t-il.

— Dis donc, ajouta-t-elle soupçonneuse, comment as-tu fait pour apprendre mon poème aussi vite ?

— Je n'ai pas appris ce poème en particulier. J'ai lu ton journal et je le connais maintenant par cœur. J'ai la mémoire absolue, expliqua-t-il. Ce que je lis, je ne l'oublierai jamais. On me surnomme l'Enfant-Mémoire. Dans cent ans, si nous nous revoyons, je pourrai te réciter ton journal intime. Veux-tu, pour te convaincre, que je te redise ce que tu as écrit hier sur tes états d'âme depuis ton départ de la Terre ?

— Non, non ! Ce n'est pas la peine, s'empressa-t-elle de répondre, très impressionnée. Je te crois, même si ça paraît complètement dingue. »

Elle allait continuer de le bombarder de questions lorsque les portes de la salle s'ouvrirent pour laisser le passage à plusieurs hommes vêtus de longues toges blanches qui leur descendaient jusqu'aux pieds. Un large cercle noir était dessiné sur leurs poitrines. Ils s'approchèrent tout autour d'O'KrYn qui s'était levé et éloigné de Nunzia dès leur entrée, après lui avoir chuchoté : « Les Maîtres-Pensants ! » Leurs visages lisses, sans pilosité, n'exprimaient aucune émotion apparente. Pourtant, au son de la voix de celui qui prit la parole, Nunzia perçut une sourde colère.

« Grand et Vénérable Maître, fit l'homme qui semblait être le chef du groupe, vous savez que vous devez éviter le moindre contact avec qui que ce soit jusqu'à la cérémonie. Je vous demanderai de rejoindre votre cabine. »

Puis l'étrange personnage jeta un coup d'œil dans

la direction de Nunzia. Le regard qu'il lui lança était glacial. Elle en resta saisie. Les autres l'ignorèrent de la plus belle façon.

« Je vous suis, Maître-Pensant U'GaHn », répondit O'KrYn.

Nunzia, décontenancée, les regarda s'éloigner. Jusqu'à ce qu'il sorte de la salle, elle espéra qu'O'KrYn allait se retourner dans sa direction et lui faire un petit signe de la main. Mais non.

Elle resta quelques instants immobile, comme pétrifiée par ce qu'elle venait de voir. Elle douta de la réalité des faits et se demanda si tout cela n'était pas encore un rêve étrange.

Non, un parfum discret flottait dans l'air recyclé du *Vangélis*. Un Grand et Vénérable Maître était bien passé par là... Pourquoi ce genre de rencontre n'arrivait-il qu'à elle ?

Son journal était posé sur le canapé. Elle le ramassa et l'ouvrit au hasard. Les mots d'un de ses poèmes s'inscrivirent sur l'écran :

Si la vie était belle comme l'étaient ses yeux,
La Vie changerait de nom et s'appellerait Amour.

Elle claqua le livre informatique d'un coup sec en se traitant d'idiote. Il était temps de rejoindre ses parents.

3

Universelia

Il ne restait plus que deux jours de voyage pour rallier Universelia. Nunzia avait décidé de ne pas parler à ses parents de sa rencontre avec O'KrYn. Seul son journal intime serait au courant de ce petit secret. Les Maîtres-Pensants avaient rappelé à l'étrange garçon qu'il ne devait voir personne avant une certaine cérémonie. Intriguée par cette remarque, Nunzia décida de se rendre à la salle multiculturelle du vaisseau pour interroger la banque de données universelle. Elle appela à l'écran la rubrique « Orionis ». Au mot clé « Gardien » elle lut :

Surnommé Enfant-Mémoire dans sa jeunesse puis Homme-Mémoire, le Gardien des lunes d'Orionis est considéré par les siens comme un guide spirituel, vénéré et entouré. Une sorte de dieu vivant. C'est à lui que revient la lourde tâche de choisir sur quelle lune habiteront les Orionis car ceux-ci en changent tous les cent ans ! Il a la particularité de posséder deux cerveaux. Un cerveau organique normal et un cerveau minéral, enchâssé au centre du premier. Un peu à la manière de ces humains qui ont des calculs (ou cailloux) qui se développent parfois dans le foie ou les reins. Mais à la différence des calculs humains qui sont source de souffrance, le second cerveau du Gardien des lunes est source de pouvoirs extraordinaires. Il semble qu'il puisse entrer en résonance avec le cristal naturel de chacune des lunes d'Orionis et savoir ainsi laquelle désire accueillir son peuple. Croyance ou réalité scientifique ? Les Gardiens des lunes n'ont fait l'objet d'aucune étude approfondie. On sait seulement que, grâce à ce cerveau spécial, un Gardien des lunes n'oublie jamais rien et devient, du coup, une sorte d'encyclopédie vivante.

Nunzia quitta un instant l'écran des yeux et réfléchit. O'KrYn avait donc désormais son journal intime en mémoire en plus de toutes ses connaissances. Elle ne savait si elle devait s'en sentir flattée ou gênée !

Elle poursuivit sa lecture :

De plus, à cause de la connexion de ses deux cerveaux, il lui est impossible de mentir. Aussi ses paroles sont-elles de tout temps particulièrement écoutées et ses conseils toujours suivis. Le dernier Gardien est mort il y a cinq ans. Son successeur actuel est le jeune Enfant-Mémoire O'KrYn.

Pour connaître la liste des Gardiens des lunes/Hommes-Mémoire depuis cinq mille ans, appeler : « Liste ».

Nunzia éteignit l'ordinateur et, pensive, se laissa aller contre le dossier du fauteuil. Dans tout cela il n'était pas question de cérémonie. Mais elle se rendait compte maintenant de l'importance de sa rencontre avec un tel personnage et comprenait mieux la surveillance dont il faisait l'objet. Le reverrait-elle un jour ?

*

La sortie de l'hyperespace se fit sans problèmes. Derrière son hublot favori, Nunzia ne perdit pas une miette du spectacle. Elle eut soudain l'impression que le temps se figeait comme si quelqu'un engluait le *Vangélis* dans de la gelée. La lumière trembla, son estomac se noua, et soudain le foisonnement incroyable de milliers d'étoiles piquant le ciel noir de leurs lumières explosa dans ses rétines. Nunzia regarda ce nouveau ciel avec avidité. Cela ne ressemblait en rien à ce qu'elle contemplait les soirs d'été, couchée sur la pelouse de son jardin terrien. Toutes les étoiles étaient différentes. Il lui faudrait quelque temps pour retrouver ses marques.

Elle se tourna alors vers les larges écrans retransmettant un peu partout dans le vaisseau des images de la planète Universelia. Elle fut un peu déçue. Elle s'attendait à quelque chose d'étrange, à une couleur planétaire plus spectaculaire que le bleu de la Terre. Après tout, cette planète n'était-elle pas au centre de la galaxie ? Mais non, Universelia ne se distinguait guère d'un autre monde. Sa couleur oscillait entre le bleu classique, un ocre délavé et un beige commun. Vue d'en haut, en phase d'approche, la fameuse planète du Savoir, symbole de la communauté galactique, ne brillait pas par son originalité !

Le contact avec la surface fut à peine perceptible. La voix du capitaine retentit dans les coursives pour annoncer leur arrivée, puis remercier les passagers d'avoir choisi le *Vangélis* et sa compagnie de navigation.

En suivant ses parents vers les bâtiments de transit afin d'accomplir les formalités douanières, Nunzia ne put s'empêcher d'avoir un petit pincement au cœur. Autour d'eux débarquaient des milliers de gens, venus d'autres vaisseaux, d'autres mondes. Quelle vie l'attendait maintenant parmi tous ces inconnus ? Discrètement elle tourna la tête pour voir si elle n'apercevait pas quelque part la Délégation d'Orionis et l'étrange O'KrYn.

Sa mère remarqua son manège.

« Tu cherches quelqu'un, chérie ?

— Non, non..., balbutia-t-elle, qui veux-tu que je cherche ? Je ne connais personne. »

Mais en son for intérieur, elle ne pouvait s'empêcher de répéter : « Où est-il ? Est-ce que je le reverrai ? »

4

La Bibliothèque

Trois semaines après son arrivée sur Universelia, Nunzia s'était fait une raison. Elle ne reverrait pas O'KrYn. Le Gardien des lunes était un personnage trop important pour elle. Son père, un soir, avait parlé des Orionis, disant que leur Délégation n'était pas très loin de la Délégation terrienne mais que presque personne n'avait de contact avec eux, sauf le Chef du Protocole terrien : Perec Evguenir.

Nunzia avait donc entrepris de découvrir son nouveau monde, malgré de fréquentes bouffées de nostalgie pour sa planète natale. Universelia était un véritable gruyère. La surface de la planète, si banale vue de l'espace, était en fait trouée un peu partout d'immenses gouffres au fond desquels s'étaient installés les colons.

Le souffle coupé par la chute en aéroglisseur et la surprise, les nouveaux arrivants découvraient au fond de chaque gouffre une oasis de verdure. Le plus grand de ces paradis avait été aménagé par les colons terriens, des siècles auparavant. Les humains ayant été les premiers à s'installer sur la planète, leur fosse, baptisée New Terra, était devenue la capitale d'Universelia et le siège du Conseil planétaire.

Nunzia avait encore un mois pour continuer de se familiariser avec son nouvel univers. Ensuite, elle reprendrait ses études au Centre multiculturel de New Terra.

Chaque après-midi, Nunzia quittait la superbe villa antigravité où elle habitait désormais et où elle se sentait si seule. Son père était accaparé par ses nouvelles fonctions. Sa mère, quant à elle, devait se rendre à de nombreuses réunions que Perec Evguenir, le Chef du Protocole, lui imposait.

La maison flottait dans la zone du Sentier de Feu au-dessus de grands bassins recouverts de nénuphars. De là, Nunzia partait pour sa promenade favorite : monter à la surface par les ascenseurs panoramiques jusqu'à l'astroport pour mieux redescendre ensuite dans les entrailles d'Universelia. Chaque jour, des milliers d'êtres débarquaient sur la planète.

Chercheurs, universitaires et curieux se pressaient

afin de s'immerger dans les dédales de ce monde unique en son genre. Il se dégageait du temple de la culture une atmosphère étrange, teintée de spiritualité, que la jeune fille appréciait de plus en plus. Des salles souterraines immenses, à larges colonnades, brillamment éclairées, avaient été aménagées dans les profondeurs de la roche entre les fosses, et reliées entre elles par un réseau dense de navettes-tubes. Chaque secteur desservi avait sa spécialité : Littérature, Art, Histoire, Sciences, etc. Des millions de petits robots roulants circulaient en tous sens au milieu de la foule. Ils étaient les indispensables auxiliaires des nombreux fonctionnaires en poste sur la planète.

Cependant, l'ennui aurait fini par gagner Nunzia au fil des jours, si elle n'avait sympathisé avec Marien. C'était le fils de ses voisins. À peine plus âgé qu'elle, il était venu un jour, sans doute poussé par ses parents, lui proposer une visite des hauts lieux de la planète. Elle avait éclaté de rire en le voyant souffrir au cours de la promenade dans ses vêtements guindés. Elle avait eu vite fait de le mettre à l'aise en lui faisant comprendre que ce n'était pas parce que son père était Conseiller qu'elle était une fille à chichis ! Du coup, le lendemain, Marien était revenu dans sa tenue préférée : jean effiloché, T-shirt quatre fois trop large et cheveux en bataille. Son père, Jérémiah Cloze, était le Conservateur de la Bibliothèque et, d'après son fils, complètement dingue-fêlé de vieux livres. Comme la curiosité de Nunzia fut aiguisée, Marien proposa un jour de lui rendre visite.

« Tu vas voir, dit-il, c'est très marrant ces vieux papiers. Un véritable voyage vers la préhistoire. En plus ça sent une drôle d'odeur ! »

Ils empruntèrent donc une navette-tube qui les conduisit jusqu'au secteur, très à l'écart, des archives papier. Jérémiah Cloze accueillit avec fierté la fille du Conseiller Tivali.

« Voici mon antre ! s'écria-t-il. Tu as devant toi la mémoire de la Terre, la seule civilisation à avoir développé le support papier. Outre le savoir de l'Humanité, se trouve ici tout l'imaginaire de ses membres. Romans, nouvelles, poèmes, essais, que sais-je encore, tous sont entreposés ici et plus ou moins catalogués.

— Mais les hommes ne fabriquent plus de livres depuis longtemps, fit remarquer Nunzia. Tout est sur ordinateur, cristaux portables, hologrammes... À quoi ça sert de garder tous ces livres ?

— Tu penses comme la plupart de nos dirigeants, fit le père de Marien un peu vexé. Tous ces gens ont été très heureux de se débarrasser du volume incroyable que représentent les livres, revues et documents qui sont ici aujourd'hui. D'autant que les nouveaux créateurs n'écrivent plus, mais construisent leurs histoires en images virtuelles. Quel dommage !

— Pourquoi dommage ? demanda de nouveau Nunzia qui découvrait pour la première fois des livres ailleurs que dans un musée. Les choses avancent, les objets évoluent. Le livre est peut-être dépassé...

— Dépassé, dépassé, s'emporta le bibliothécaire, quelle bêtise ! Mais le livre, c'est plus que les mots qu'il contient. À travers sa présentation, sa forme, ses illustrations, on peut retrouver l'âme de l'époque où il a été édité. Et puis lorsqu'on lit un livre, on a une sensation physique bien différente de ce que l'on ressent face à un écran. On touche l'objet, les pages bruissent lorsqu'on les tourne. Et il y a l'odeur... Ah l'odeur ! Chaque livre a son parfum suivant la composition de son papier et de son encre. »

Toute l'exaltation du Conservateur éclatait dans ses propos enflammés. Marien regarda Nunzia en haussant les épaules, comme pour s'excuser d'avoir un drôle de père. Pas très convaincue au départ, Nunzia dut finalement reconnaître qu'ouvrir un vieux livre craquant lui apportait des sensations nouvelles. C'était comme partir à la recherche d'un trésor perdu. Chaque page tournée laissait échapper une part de mystère.

L'enthousiasme de Jérémiah Cloze fut si communicatif qu'à partir de ce jour Nunzia vint très souvent seule à la Bibliothèque, lorsque Marien la délaissait au profit des jeux virtuels qu'il pratiquait avec ses copains. Elle se promenait entre d'interminables étagères, laissant le hasard guider ses choix. À chaque fois, elle découvrait un sujet qui l'intéressait. Elle s'asseyait alors à une grande table et se plongeait dans la lecture. Le temps passait ainsi très vite. De plus, elle s'était prise d'une véritable amitié pour les mini-robots d'anciennes générations qui couraient en tous sens et la faisaient rire en se cognant les uns aux autres pour lui faire découvrir des trésors à tout moment ! Le goût pour les livres était devenu, chez elle, semblable à une quête d'objets archéologiques.

*

Ce jour-là, alors qu'elle marchait dans le couloir vitré qui surplombait la grande salle d'étude où, d'habitude, seule une poignée de vieux chercheurs occupaient les fauteuils, son œil fut attiré par une silhouette qu'elle reconnut aussitôt : O'KrYn !

Son cœur fit un bond. Que faisait-il là ? Le Gardien des lunes portait des vêtements noirs, classiques, qui lui permettaient à coup sûr d'être moins identifiable qu'avec sa tunique blanche de guide spirituel !

L'étrange garçon lisait en feuilletant les pages à toute vitesse comme à son habitude. Des piles impressionnantes de livres lui faisaient face. Nunzia

se précipita dans l'escalier et entra dans la salle, persuadée qu'elle avait rêvé. Mais non, le garçon aux yeux de chat était toujours là. Elle ralentit en arrivant près de lui. Elle ne voulait pas lui donner l'image d'une fille qui court après les garçons !

« Bonjour, O'KrYn. »

Il leva les yeux vers elle. Malgré la fatigue qui se lisait sur son visage, son regard s'éclaira.

« Nunzia ! Je suis heureux de te revoir.

— Moi aussi.

— Assieds-toi, dit-il en lui offrant une chaise ; puis, chuchotant, il poursuivit : Sais-tu garder un secret ?

— Je n'ai dit à personne que je t'avais rencontré sur le *Vangélis,* pas même à mes parents, protesta-t-elle avec une mine boudeuse. Ça te suffit comme preuve ? »

Il acquiesça et dit avec un petit rire :

« Officiellement, je suis dans ma chambre de méditation.

— Tu as fait le mur ? s'esclaffa-t-elle. Toi ? Je croyais que tu ne pouvais pas mentir, que tout le monde se prosternait devant toi et qu'il te suffisait de demander pour être servi. Si tu voulais sortir, tu n'avais qu'à le dire, non ? »

Il ne répondit rien.

« Mais, c'est vrai, poursuivit-elle en pointant son doigt en l'air, j'oubliais... tu ne leur as pas menti, tu t'es contenté de ne pas leur dire où tu allais... n'est-ce pas ? Ne rien dire n'est pas mentir...

— Il fallait que je vienne ici », répondit-il simplement.

Elle espéra un instant qu'il était venu à la Bibliothèque terrienne pour la revoir. Mais elle se raisonna. Comment aurait-il su qu'elle y venait régulièrement ? De toute évidence il était là pour les livres.

« Pourrais-tu m'expliquer la raison de ta présence dans cette partie d'Universelia, Monsieur le chef spirituel de toute une constellation ? »

O'KrYn regarda intensément Nunzia comme s'il découvrait pour la première fois ce visage volontaire encadré de boucles noires rebelles. Il laissa échapper un sourire presque ravi.

« J'aime comme tu me parles, Nunzia. Tu es unique. Personne avant toi ne m'avait jamais parlé ainsi, avec naturel.

— Oh, je n'ai rien d'exceptionnel, je suis un être normal qui sait mentir, lui répondit-elle les yeux pleins de malice.

— Tu me mens ? dit-il dans un souffle.

— Mais non, je te taquine. Moi non plus je n'avais jamais rencontré quelqu'un comme toi. Les dieux vivants, c'est pas mon truc... »

Cette fois, il éclata franchement de rire. Nunzia ne put s'empêcher d'en faire autant. Autour d'eux les vieux chercheurs relevèrent le nez de leurs grimoires et regardèrent en direction de ces deux galopins qui troublaient le silence sacré de la Bibliothèque.

« Partons, dit O'KrYn, je vais me faire repérer.

— Et les livres ? demanda Nunzia en montrant les volumes sur la longue table de bois.

— Les robots vont les ranger. Je sais désormais ce que je voulais savoir. Conduis-moi dans le parc. Tu connais mieux les lieux que moi. »

Nunzia l'entraîna vers un couloir, puis un ascenseur menant directement à la surface. O'KrYn dit qu'ils avaient une heure devant eux. Ensuite, il devrait rentrer à la Délégation des Orionis. En attendant, ils se réfugièrent dans un coin calme des jardins.

5

Le phénix

« Sais-tu pourquoi je suis venu sur Universelia ? » questionna O'KrYn.

Nunzia fut tentée de répondre : « Pour me rencontrer », mais elle ravala ses mots.

« Non. Dis-moi.

— Lors de notre dernière entrevue, je t'ai parlé de mon monde, mais je ne t'ai pas dit quel rôle j'y jouais. Tu sais peut-être que la planète Orionis est un monde mort par la faute de ses habitants... Une technologie trop avancée, mal maîtrisée, a été la cause de millions de morts, il y a cinq mille ans : pollution, guerres, famines. Mais nos scientifiques réussirent alors à fabriquer d'immenses vaisseaux solaires pour quitter ce monde condamné et rejoindre les lunes qui, heureusement, étaient habitables. Les premiers immigrants se sont installés sur la première lune qu'ils ont pu atteindre. Mais ils se sont jurés de ne plus commettre la même erreur que sur la planète Orionis. Ils ont donc décidé de quitter la lune au bout de cent ans afin de la laisser "se reposer", et d'émigrer sur une autre. Mais sur laquelle des quatre devaient-ils aller ?

« Alors que la discussion était vive, un enfant s'est présenté devant les sages d'Orionis. Cet enfant était différent. Son cerveau avait développé une particularité que les autres n'avaient pas. Il contenait une partie minérale, comme un cristal au milieu de son cerveau normal. Et ce cerveau minéral était sensible au mouvement des astres. L'enfant demanda à être conduit sur les quatre lunes et assura qu'il saurait sur laquelle les Orionis devraient s'installer. Il prétendit qu'il sentirait la lune qui "voudrait" les recevoir. »

Nunzia n'osa pas lui dire qu'elle avait interrogé la banque de données du *Vangélis,* et donc qu'elle savait déjà plus ou moins tout cela.

« Tu as déjà fait ça, toi ? demanda Nunzia soupçonneuse.

— Oui, répondit O'KrYn de sa voix chantante. Je sais sentir le mouvement des lunes et leur équilibre. Je viens de le faire. Avant que nous nous rencontrions sur le *Vangélis*, j'ai fait le tour des quatre lunes vierges et j'ai écouté les échos de leurs entrailles. Il y a du cristal semblable à celui de mon second cerveau sur chacune des lunes d'Orionis. Et comme tous les Gardiens avant moi depuis cinq mille ans, j'ai su quelle lune était prête à nous accueillir.

— Parce que ton peuple va devoir déménager bientôt ?

— Dans l'année qui vient.

— Mais je ne vous comprends pas. Puisque vous vivez en harmonie avec la nature, quel besoin éprouvez-vous alors de partir de lune en lune ?

— Effectivement, cent ans cela peut paraître court. Mais chacune de nos lunes souffre de notre passage, fût-il de courte durée et le moins dévastateur possible. Pendant ces années nous avons besoin de bois, de minéraux, de terres cultivables. Tout cela épuise la richesse de la Nature ; aussi préférons-nous partir après chaque siècle vers un autre endroit. Et peut-être notre migration est-elle aussi une sorte de pèlerinage autour de cette planète mère que nous avons tuée. Une manière d'expier notre faute.

— Vous êtes sur quelle lune pour l'instant ?

— Celle que nous appelons la Verte. Il y a la lune Verte : la forestière, la Bleue : la marine, la Blanche : celle des neiges, la Rouge : la lune des déserts, et enfin la Noire : la lune des tempêtes.

— Et vous quittez la Verte pour aller sur laquelle ? »

Le Gardien des lunes posa sa main sur celle de Nunzia. Comme dans la salle panoramique du *Vangélis,* elle en frissonna.

« Je ne peux te le dire. C'est encore un secret que je suis le seul à connaître et c'est pour le communiquer aux Maîtres-Pensants de la Délégation d'Orionis résidant sur Universelia que je suis ici. Cela doit se faire lors d'une grande cérémonie. Ensuite il me faudra repartir pour la lune Verte afin d'annoncer le but de la migration à tous. »

Nunzia eut un geste fataliste. Elle comprenait mal tous ces rituels mais elle admirait le fait que les Orionis aient eu la sagesse de changer totalement leur façon de vivre. Elle se demanda si les Terriens en auraient été capables. Question de survie, disait O'KrYn. Dommage qu'il faille aux peuples l'épreuve de la guerre et de la destruction pour réagir !

Ils étaient tous deux silencieux, lorsqu'un oiseau de la taille d'un aigle royal vint se poser sur un arbre près d'eux. Ses ailes étaient chatoyantes et lançaient des reflets alors même qu'il était immobilisé dans l'ombre du feuillage. O'KrYn tendit la main, ferma le poing et émit un son avec cette voix si particulière qu'il avait prise pour déclamer les vers de Nunzia. L'oiseau prit aussitôt son envol, tourna un instant dans l'air frais avant de venir se poser sur le poing du Gardien des lunes.

« Il est temps que je rentre, dit-il en caressant le plumage de l'oiseau.

— Il est à toi, tu l'as dressé ? demanda Nunzia émerveillée par la beauté de l'animal et l'obéissance qu'il semblait vouer à O'KrYn.

— Pas du tout, répondit le garçon, je viens seulement de l'appeler en le voyant sur cette branche. Il te plaît ? Veux-tu être son amie, Nunzia ? Donne ta main, ferme ton poing... »

Les serres de l'oiseau piquèrent la peau de Nunzia. L'animal la regarda, ses yeux clignèrent, puis il tendit la tête vers elle.

« Il t'a adoptée, dit O'KrYn en riant. Il est à toi. Laisse-le libre, il te rejoindra lorsque tu seras dehors.

— Qu'est-ce que c'est ? demanda la jeune fille impressionnée par son précieux fardeau.

— Un phénix. »

Le Gardien des lunes se leva, s'inclina devant Nunzia qui le vit à peine, perdue dans le regard étrange du splendide oiseau. O'KrYn s'éloigna sans bruit pour rejoindre le réseau des navettes-tubes en direction de la Délégation des Pensants. Ce n'est que lorsqu'il eut disparu que Nunzia réagit. Elle lança un juron sonore. Aussitôt l'oiseau s'envola.

O'KrYn l'avait bien eue ! Avec ses beaux discours et son petit numéro de dressage, le Gardien des lunes ne lui avait dit ni pourquoi il était venu à la Bibliothèque terrienne, ni quand elle le reverrait !

6

L'invitation

Le lendemain matin, dès qu'elle aperçut Marien sur sa terrasse, Nunzia se précipita et l'entraîna avec elle vers la Bibliothèque. Elle refusa d'expliquer pourquoi. En chemin ils furent survolés par le phénix qui vint se poser sur le poing de Nunzia. Elle avait pris soin cette fois de se munir d'un gant de cuir. Marien resta bouche bée devant l'oiseau. Nunzia comprit mieux sa stupeur lorsqu'il lui expliqua qu'il y avait seulement quelques centaines de phénix à Universelia et que personne n'avait jamais pu les apprivoiser.

« À ma connaissance, il n'y a pas de phénix ailleurs que sur cette planète, dit-il. Sais-tu que sur Terre, autrefois, on donnait ce nom à un oiseau de légende qui vivait mille ans et renaissait de ses cendres ? Comment as-tu fait pour l'apprivoiser ?

— C'est un cadeau d'O'KrYn.

— Tu as revu le Gardien des lunes ? Et il t'a donné cet oiseau ?

— Il m'a offert *l'amitié* de cet oiseau. »

Marien ne dit mot. Ce qui se passait entre Nunzia et O'KrYn lui paraissait une relation bien étrange... Il tendit la main pour caresser l'oiseau, toujours posé sur le poing de Nunzia. Mais dès que le phénix perçut son mouvement, il prit son envol dans un chatoiement époustouflant de reflets colorés et s'éloigna.

« Qu'il est beau ! s'extasia Nunzia. Je vais l'appeler Joyau. »

L'oiseau plana encore quelque temps au-dessus d'eux, puis fila vers le sud.

Les deux amis se rendirent à la Bibliothèque par une navette-tube bondée de visiteurs qui descendirent tous avant eux pour rejoindre les autres zones de l'immense médiathèque. Les images, les sons et les hologrammes attiraient plus de monde que les fossiles de papier conservés par Jérémiah Cloze.

« Pauvre Papa, il n'a pas beaucoup de clients.

— Hier, il a eu O'KrYn et je voudrais bien savoir la raison ! »

Marien la regarda de biais. Voilà donc pourquoi elle l'entraînait jusque-là : à cause du Gardien des lunes.

Lorsqu'ils arrivèrent auprès de Jérémiah, le bibliothécaire fut tout heureux de voir son fils arriver avec Nunzia. Sans lui laisser le temps de se lancer dans un de ses grands discours sur le Livre avec un grand L, Nunzia le pressa de questions. Mais le père de Marien ne se souvenait pas d'avoir vu O'KrYn la veille. Il ne lui avait pas remis lui-même les volumes qu'il avait consultés. Et ce n'était pas lui non plus qui les avait remis en rayons. Les petits robots avaient fait leur travail sans déranger leur chef bibliothécaire.

Comment savoir ce que lisait l'Enfant-Mémoire ?

« Vous pouvez consulter mes fichiers, Marien et toi. Il est possible de répertorier la liste de tous les livres qui ont été demandés hier, puis de faire des recoupements par rapport aux sujets demandés. »

Marien soupira. Le piège se refermait sur lui ! Il n'échapperait pas aux livres avant quelques heures... Boudeur, il s'installa à côté de Nunzia. Une fois la liste établie, elle appela sur les écrans informatiques tous les documents parlant d'Orion, d'Orionis et des lunes. Apparemment, elle avait fait le bon choix. Une bonne dizaine de titres apparurent. O'KrYn les avait sans aucun doute consultés.

« Regarde ça ! » s'exclama soudain Marien qui lisait déjà le bas de la liste, se disant que plus vite ce serait fini, plus vite il sortirait de là.

En bas de l'écran il montra un titre : *Les Lunes d'Orionis.* Marien avait vu juste. Il semblait que ce fût le seul ouvrage traitant exclusivement des lunes. Les autres textes concernaient la constellation d'Orion dans son ensemble ou plus précisément la planète Orionis et son histoire. L'auteur du traité des lunes d'Orionis était un certain Dan Yal-Magrou, scientifique terrien prévisionniste, mort depuis mille ans !

« Qu'est-ce que c'est, un prévisionniste, monsieur Cloze ? demanda Nunzia.

— Quelqu'un qui, à l'aide de statistiques et de savants calculs, prévoit certains événements importants.

— Comme le mouvement de certaines lunes et leur équilibre, les unes par rapport aux autres ? Ou encore les champs magnétiques du sous-sol ?

— Oui, par exemple. Mais où veux-tu en venir exactement ? »

Elle ne pouvait dire ce que lui avait confié O'KrYn, mais maintenant elle en était sûre, c'est ce livre qu'il était venu lire, lui qui était en « accord mental » avec ses lunes. Mais pourquoi ? Que pouvait bien contenir l'ouvrage qui intéressait le Gardien des lunes d'Orionis, lui qui savait tout ou presque ?

« Il me faut ce livre ! » s'écria-t-elle en bondissant sur ses pieds.

Jérémiah se pencha, lut la cote du livre et introduisit les données sur le cadran d'un des petits robots qui partit aussitôt de toute la vitesse possible de ses petites roulettes.

Un quart d'heure plus tard, la petite machine réapparaissait.

« Le-li-vre-n'est-pas-à-sa-pla-ce. Le-li-vre-n'est-pas-à-sa-pla-ce. Le-li-vre...

— Comment ça, pas à sa place ? aboya Jérémiah en donnant une grande claque sur la tête de la petite machine qui se tut aussitôt.

Ce n'est pas vrai ! » gémit Nunzia.

Mais quand ils furent devant l'étagère, il leur fallut bien se rendre à l'évidence. L'ouvrage avait disparu. Il avait sans doute été mal rangé par le petit robot qui l'avait ramassé sur la table que Nunzia et O'KrYn avaient quittée la veille en riant.

« Il a dû être mis à un autre endroit, conclut, fataliste, Jérémiah. Ça arrive, hélas ! de temps en temps avec ces robots archaïques.

— Il faut le retrouver, assena Nunzia.

— Le retrouver ? s'écrièrent en chœur Jérémiah et Marien.

— Autant chercher un astéroïde dans la Voie lactée, ironisa le bibliothécaire. Je suis désolé, Nunzia, mais ce livre est perdu dans cette marée de papier. »

Déçue, Nunzia repartit avec Marien qui, estimant qu'il en avait assez fait pour son amie, s'éclipsa rapidement pour rejoindre ses copains. Elle rentra donc seule chez elle. Joyau vint se poser sur sa terrasse et elle joua à le faire s'envoler en lançant son poing comme les fauconniers le faisaient dans des temps immémoriaux.

Puis le soir tomba en reflets mauves. L'oiseau venait de la quitter pour aller dormir dans un nid lointain, peut-être près des étoiles, lorsque son père rentra à la maison, tout excité.

« Nunzia, criait-il à travers toute la maison, où es-tu ?

— Ici, Papa ; que se passe-t-il ? »

Elle se leva d'un coup, se précipita hors de sa chambre, et déboucha en trombe dans le salon. Ses parents étaient penchés sur un carton d'invitation holographique. Elle se faufila entre eux et regarda la petite image qui s'inclinait sur la table en répétant son message :

« Le Conseiller Dorian Tivali et Madame sont invités à la dixième heure demain matin, pour venir assister en compagnie de leur fille Nunzia à la proclamation dans la Chambre Sacrée de la destination prochaine de la migration des Orionis.

Ce message émane directement d'O'KrYn, dernier Gardien des lunes né. »

Nunzia poussa un formidable cri de joie, puis ajouta :

« Et dire qu'il ne m'a rien dit quand je l'ai vu hier ! Pour quelqu'un qui ne peut pas mentir, il est particulièrement cachottier... »

Ses parents la regardèrent, stupéfaits.

« Nunzia, dit son père, tu connais le Gardien des lunes ?

— Bien sûr ! Depuis le voyage sur le *Vangélis.*

— Et tu ne nous as rien dit…

— Hé, j'ai droit à ma vie privée, non ? dit-elle dans un rire ; puis, presque dans la même respiration, elle s'écria : C'est demain matin, cette cérémonie ? Horreur… Il faudrait que je me lave les cheveux. Et qu'est-ce que je vais mettre ? Une robe ou un pantalon ? Maman, tu viens m'aider… »

Et elle disparut aussitôt en direction de sa garde-robe. Ses parents échangèrent un regard amusé. Les filles ne changeront jamais !

7

La cérémonie

Finalement Nunzia avait opté pour un compromis entre la robe et le pantalon. Elle portait une longue tunique bordeaux, fendue de chaque côté, sur un léger pantalon brillant. L'ensemble était rehaussé de broderies fines exécutées dans la plus pure tradition asiatique terrienne. Elle avait tenté de discipliner ses cheveux, mais plusieurs de ses boucles brunes s'échappaient du petit chapeau qu'elle portait. Lorsque O'KrYn entra dans la salle de cérémonie des Orionis, elle se haussa sur la pointe des pieds pour essayer de voir à travers la foule dense et terne qui l'entourait. Les yeux pétillants, ses dents mordant sa lèvre inférieure, elle joua des coudes pour se glisser au premier rang.

Son père tenta de la retenir, sa mère murmura un « Nunzia, tiens-toi bien ! », Perec Evguenir, le Chef du Protocole terrien, qui avait tenu à les accompagner, essaya lui aussi de l'attraper mais... trop tard ! Elle était aux premières loges, entre deux immenses Pensants tout de blanc vêtus qui daignèrent jeter sur elle un regard condescendant avant de reporter leurs yeux vers la porte que franchissait le Gardien des lunes.

Nunzia se retint pour ne pas crier : « Ouh ouh, O'KrYn ! Je suis là ! », jugeant tout de même qu'il ne serait pas convenable d'interpeller ainsi un Vénérable Grand Maître devant ses fidèles... De toute façon elle était visible ! Elle avait choisi sa toilette en conséquence, se disant que le petit soleil rouge qu'elle formerait ne pourrait échapper au regard du Gardien des lunes au milieu de tous ces spectres blancs et sinistres.

Et O'KrYn la vit.

Il avançait lentement, inclinant doucement la tête à droite et à gauche. À chaque mètre qu'il franchissait, tout le monde se courbait.

« Mince, se dit Nunzia, alors qu'il arrivait à son niveau, moi je ne m'incline pas, je préfère le regarder... »

Les bras, le cou et le front d'O'KrYn étaient ornés

d'étranges tatouages colorés. Ces signes, tracés avec des pâtes de couleur, avaient sans doute une signification particulière, liée à la cérémonie. Ils rappelaient ceux qu'elle avait vus sur sa tunique dans le *Vangélis*.

Les yeux de chat croisèrent les siens. Toutes les têtes étaient courbées. Nunzia fit un petit signe de la main en souriant. Puis elle se retint pour ne pas rire devant le clin d'œil qu'O'KrYn lui adressa en guise de réponse. Il faudrait qu'elle lui apprenne à améliorer sa technique... Ce qu'il venait de faire était à classer dans la catégorie « grimaces niveau 1 ! »

Ensuite tout se déroula suivant un cérémonial immuable depuis des centaines d'années. Les Pensants qui résidaient sur Universelia se mirent en demi-cercle derrière O'KrYn et, l'un après l'autre, ils récitèrent des versets sacrés où il était question de la mission éternelle des Orionis. Au bout de peu de temps, Nunzia se lassa et recula pour se glisser entre ses parents. Elle ne comprenait pas grand-chose à ce qui se passait et ne cherchait de toute façon pas à comprendre. Elle en savait assez, O'KrYn allait entrer avec quelques-uns des Maîtres-Pensants dans une salle appelée la Chambre Sacrée, et il leur annoncerait avec laquelle des lunes d'Orionis il s'était trouvé en accord mental. Les Orionis y partiraient dans leurs grands vaisseaux solaires. Là, dans quelques dizaines d'années, naîtrait le nouveau Gardien des lunes.

Il faisait étouffant dans la salle de cérémonie. Nunzia entraîna ses parents dehors, dans la fraîcheur des jardins.

« Nunzia ! s'écria sa mère, sois un peu plus respectueuse, s'il te plaît. Les Orionis pourraient se choquer de ton attitude.

— Les Orionis sont des écologistes mystiques, Madame, intervint Perec Evguenir, le Chef du Protocole. Je les crois incapables de réagir, quoi qu'on dise ou qu'on fasse. »

Le ton était méprisant. Les Tivali le regardèrent, étonnés.

« Vous ne semblez pas les aimer beaucoup... », remarqua le père de Nunzia.

Mais Perec Evguenir n'eut pas le loisir de répondre. Un homme apparut sur la terrasse de l'austère demeure des Pensants et annonça aux invités qu'il était temps de rentrer dans la grande salle : les Maîtres-Pensants et le Gardien des lunes allaient sortir de la Chambre Sacrée.

Au fond de la salle, la lourde porte de bronze s'ouvrit et O'KrYn apparut, suivi par quatre Maîtres-Pensants dont l'impressionnant U'GaHn, toujours aussi sinistre que dans le *Vangélis*.

« Quel rôle joue-t-il exactement, celui-là ? demanda Nunzia à son père dans un souffle.

— Les Pensants sont les religieux des Orionis. Ils ont un chef suprême : O'KrYn. Mais entre O'KrYn et les simples Pensants, il y a les Maîtres-Pensants. Certains vivent sur Universelia, les autres sur la lune Verte. U'GaHn est l'un de ceux qui résident sur la lune Verte. Il est là pour accompagner le Gardien des lunes. C'est lui qui est responsable de sa sécurité.

— Je n'aime pas du tout ce type.

— Il remplit sa mission, Nunzia, dit Dorian. Tu dois comprendre ce que ton ami O'KrYn représente pour les Orionis. U'GaHn le protège.

— Je suis sûre qu'il n'aime pas les Terriens », poursuivit-elle, entêtée.

Dorian sourit.

« Tu veux dire : les Terriennes lorsqu'elles ont treize ans ? »

Elle haussa les épaules.

« Tu as raison sur un point, continua son père. Aux yeux de la plupart des Maîtres-Pensants, les Terriens représentent le mauvais exemple en matière d'écologie. Je ne connais pas les opinions d'U'GaHn. Le Gardien des lunes, lui, semble avoir une opinion favorable, puisqu'il nous a invités. »

Elle leva un regard ironique vers son père.

« D'accord, admit-il en riant, c'est toi qu'il a invitée... »

Savourant sa petite victoire, elle reporta son regard en direction de la cérémonie. Comme O'KrYn avançait au centre de la salle, elle constata combien son visage était figé et ceux des hommes autour de lui consternés. Que se passait-il ? Le Gardien des lunes prit alors la parole avec cette voix étrange qui faisait vibrer l'air autour de ses auditeurs :

« Moi, O'KrYn, dernier Gardien des lunes né, en l'état actuel de ma réflexion, je refuse de dire quel sera le but de la prochaine migration des Orionis. »

Une chape de plomb tomba sur l'assemblée. À côté de Nunzia, le Chef du Protocole se crispa soudain. Des murmures coururent d'un bout à l'autre de la salle.

Comment ? Avait-on bien compris ? Le Gardien des lunes ne voulait pas dire où les Orionis devaient se rendre, alors qu'il venait de visiter les quatre lunes libres ? Avait-il perdu la tête ? Ou bien son pouvoir était-il affaibli ? Son cerveau était-il dérangé ? Les commentaires allaient bon train.

Nunzia s'énerva en entendant ces remarques négatives et apostropha ses voisins :

« Il a dit qu'il *refusait* de parler, pas qu'il n'était pas capable de le faire... »

Elle haussa les épaules et se glissa de nouveau au premier rang. Ses parents la suivirent, ainsi que le Chef du Protocole, de plus en plus agité.

O'KrYn remontait à pas lents l'allée centrale bordée par les simples Pensants et les invités. En arrivant près de la sortie, il s'arrêta au niveau de Nunzia et de ses parents et s'approcha d'eux.

« Conseiller Tivali, Madame, dit-il en s'inclinant devant les parents de Nunzia ; puis il sourit doucement en la regardant. Merci d'être venue, Nunzia. Comment va notre Joyau ? Aime-le, il est précieux. »

Nunzia ouvrit de grands yeux. Comment savait-il le nom qu'elle avait donné au phénix ? Elle ouvrit la bouche pour parler, mais le terrible U'GaHn était déjà derrière lui et foudroyait les Tivali du regard. Il se pencha pour dire quelque chose à O'KrYn qui n'eut que le temps de murmurer à Nunzia :

« Page treize. »

U'GaHn entraîna l'Enfant-Mémoire. La foule se referma sur eux. Nunzia tapa du pied. Pour elle, son opinion était faite. Cet U'GaHn était un ennemi juré. Il ne semblait avoir qu'un but dans la vie : la séparer d'O'KrYn ! Perec Evguenir s'excusa en disant qu'il lui fallait partir le plus vite possible et disparut. Jugeant qu'ils n'avaient aucune raison de s'attarder eux non plus, Dorian Tivali entraîna sa femme et sa fille vers le véhicule officiel qui les attendait.

C'était fini. Sur le chemin du retour, Nunzia avait un goût amer dans la bouche. O'KrYn était à nouveau sorti de sa vie. Elle ne savait même pas si elle était en droit d'espérer le revoir un jour. La tête calée contre les coussins de l'aéroglisseur, elle tourna et retourna dans sa tête les derniers mots du Gardien des lunes sans comprendre.

Ce n'est qu'en arrivant dans sa chambre et en voyant son livre-journal informatique qu'elle réagit. Elle bondit alors sur l'objet et tapota le clavier pour ouvrir l'écran à la page treize. L'un de ses poèmes s'afficha. Elle l'avait écrit l'année précédente et l'avait totalement oublié. Mais pas O'KrYn.

Le dernier vers disait :

Mon oiseau, mon joyau, mon amour, adieu.

Elle s'effondra à plat ventre sur le lit, la tête enfouie dans ses bras.

Pour cacher ses larmes.

8

Disparition

Ce furent les chuchotements de ses parents derrière sa porte qui la réveillèrent le lendemain matin.

Elle se retourna en soupirant. Ils auraient pu la laisser tranquille et aller papoter ailleurs. Elle ne s'était endormie qu'à l'aube, épuisée, après avoir pleuré, réfléchi et écrit pendant des heures dans son journal. Elle allait chercher à se rendormir en mettant l'oreiller sur sa tête, lorsqu'elle remarqua le vrombissement caractéristique d'un aéroglisseur de la police au-dessus de la maison. Que se passait-il ? Elle rejeta l'oreiller et bondit hors du lit.

Elle ouvrit la porte à toute volée. Ses parents, qui s'éloignaient dans le couloir à pas de loup, s'immobilisèrent en se retournant. Ils avaient tous les deux une mine épouvantable. Une catastrophe... Mais laquelle ?

« O'KrYn a disparu.

— Comment disparu ? Où ? Quand ? »

Elle secouait le bras de son père. Sa mère lui tendit un peignoir pour qu'elle s'habille. Un policier d'Universelia attendait dans le salon. Nunzia descendit comme un automate. Alors on lui expliqua. À l'heure où les Pensants de la Grande Maison du Gardien des lunes avaient voulu rejoindre O'KrYn pour son lever, ils avaient trouvé la porte ouverte. Elle avait été forcée. À l'intérieur : personne ! Le Gardien des lunes avait disparu. On avait fait appel à la police d'Universelia ; d'après les premières constatations, on en arrivait à la conclusion qu'il avait sans doute été enlevé. À moins qu'il n'ait fui, maquillant sa fuite en enlèvement...

On venait interroger Nunzia sur les conseils de plusieurs Pensants qui avaient entendu l'Enfant-Mémoire lui parler la veille au cours de la cérémonie de la Chambre Sacrée.

Mais elle n'avait rien à dire ! Elle trépignait.

« Ce n'est pas ici qu'il faut chercher ! Qu'est-ce que vous croyez ? Que je cache le Gardien des lunes d'Orionis dans un placard ? Essayez plutôt du côté de ses ennemis. Moi je suis son amie, vous entendez, son AMIE ! asséna-t-elle.

— Mademoiselle, tenta de la calmer le policier, s'il

vous revient quelque chose qui pourrait nous mettre sur la piste du Gardien des lunes, n'hésitez pas à nous joindre à ce numéro de visiophone. »

L'homme posa un carton sur la table basse.

« Promettez-moi de me prévenir dès que vous saurez quelque chose, dit Dorian Tivali.

— Oui, moi aussi », renchérit Nunzia avec force.

L'homme acquiesça, puis sortit.

« Oser s'attaquer au Gardien des lunes ! Qui a pu faire une chose pareille ? dit la mère de Nunzia.

— Quelqu'un qui n'a pas apprécié ce qu'il a fait hier au cours de la cérémonie ! s'exclama Nunzia. U'GaHn, par exemple.

— Évitons de porter des accusations hâtives et sans doute erronées. Attendons les suites de l'enquête », conclut Dorian avant de partir pour les bureaux de la Délégation terrienne.

Commencèrent alors les heures les plus longues que Nunzia eût jamais connues. Elle s'enferma dans son mutisme, les yeux braqués sur l'écran du visiophone qui restait désespérément éteint.

Marien, intrigué de ne pas avoir de ses nouvelles, passa la voir. Lorsqu'elle lui eut raconté ce qui se passait, elle se replongea dans la contemplation de son visiophone muet. Marien tenta de la distraire avec un générateur d'hologrammes prêté par un de ses copains. Nunzia consentit tout de même à faire un séjour dans l'espace virtuel créé au milieu du salon de ses parents. Elle choisit de regarder un coin de la belle forêt d'Amazonia. Car, d'après Marien, cette planète ressemblait tout à fait à la lune forestière des Orionis. Le spectacle était en effet saisissant. L'appareil avait même l'environnement « sons et odeurs » dernier cri. Pour faire rire son amie, Marien fit semblant de ramasser des fleurs, à genoux sur la moquette, et de cueillir des fruits aux lustres.

Mais Nunzia se lassa vite et fit quelques pas de côté pour sortir du jeu et s'abattre à nouveau sur le canapé familial. Marien éteignit la machine. Il réussit en fin d'après-midi à l'entraîner dans le jardin.

Jérémiah Cloze rentrait chez lui. Il fit signe à son fils. En le voyant, Nunzia repensa soudain au fameux livre disparu dans les sous-sols d'Universelia : *Les Lunes d'Orionis*. D'un coup elle fut persuadée que là se trouvait la clef du mystère de la disparition d'O'KrYn. Mais elle garda ses conclusions pour elle et ne les confia qu'à Joyau, venu se poser sur le rebord de sa fenêtre.

« Je suis sûre que ce prévisionniste a calculé l'ordre des différentes migrations et que c'est ce qu'O'KrYn était venu lire ! murmura-t-elle à l'oiseau. Il faut retrouver ce livre. »

Pour cela elle avait besoin de l'aide de Marien et de son père. Comment les convaincre de l'aider ?

Elle ne réfléchit pas longtemps. Au contraire d'O'KrYn, elle, rien ne l'empêchait de mentir.

*

« Lors de la cérémonie, le Gardien des lunes m'a chargée de retrouver ce livre. Mon père souhaite que vous m'aidiez, monsieur Cloze. »

Ses mains tremblaient un peu dans ses poches. Si jamais le bibliothécaire parlait à son père... Mais il y avait peu de risques. Bien que voisins, ils ne se croisaient jamais. Dorian rentrant toujours très tard et Jérémiah évitant poliment le Conseiller qu'il accusait, comme tous ses prédécesseurs, de n'accorder aucun regard à ses archives papier.

« D'accord, Nunzia, dit le bibliothécaire après un temps de réflexion, nous allons t'aider. »

À partir de ce jour, tous les après-midi, ils se mirent à arpenter les rayonnages infinis de la Bibliothèque. Nunzia répétait à longueur de temps : « Un petit robot s'est trompé et est allé déposer le livre ailleurs, près d'autres documents sur Orion. Il suffit de les retrouver. » Où pouvaient se cacher les autres morceaux d'histoire de la constellation d'Orion ?

Avec Marien, ils s'étaient partagé le travail. Lui lisait les fichiers, elle cherchait sans cesse de nouvelles pistes. À l'aide de ses vieux ordinateurs, Jérémiah Cloze les aidait dès qu'il le pouvait. Il traquait tout ce qui, de près ou de loin, avait rapport avec cette région de la Voie lactée. Pour seconder Nunzia et son fils, il avait télécommandé une armée de mini-robots en les lançant sur des pistes aléatoires. Quelquefois, ils revenaient près de Nunzia, se télescopant sans cesse, pour rapporter des livres qu'ils croyaient être le bon. Pour s'en débarrasser au plus vite afin de ne pas trébucher sur eux, Nunzia prenait le livre qu'ils avaient trouvé pour le poser sur la pile des ouvrages à replacer. Aussitôt, ils repartaient dans d'incertaines explorations. Elle en rencontrait parfois qui, coincés dans une boucle de programmation, se butaient sans cesse contre des rayonnages. Après un bon coup sur la tête, ils s'en retournaient aussitôt à leur mission.

Parfois Marien se lassait et partait jouer avec ses amis du Virtuel. Nunzia restait alors seule au milieu de cet océan de mots imprimés. Elle se comparait à une naufragée cherchant une bouteille à la mer.

« Ce n'est pas ma faute, ne cessait de répéter Jérémiah. Par manque de moyens et d'effectifs, une bonne partie de nos robots ne sont pas véritablement entretenus. Du coup, certains font des erreurs. Comment retrouver un livre parmi des milliards d'autres ? Cela peut demander un siècle ou deux avant qu'on ne le récupère !

— Eh bien moi, je suis sûre que nous allons mettre la pince dessus ! » disait Nunzia pour réconforter les petits robots.

Mais le livre restait introuvable. Et O'KrYn aussi.

9

Les lunes d'Orionis

Le septième jour après la disparition du Gardien des lunes, Nunzia se réveilla épuisée. Elle avait très mal dormi. Un rêve semblable à celui qu'elle avait fait à bord du *Vangélis* était revenu à plusieurs reprises. Elle était au milieu d'un groupe de personnes portant toutes des masques blancs. Ils entouraient O'KrYn enchaîné à un rocher. Autour d'eux le vent hurlait et la pluie giclait. Les étranges pupilles du garçon se tournaient alors vers elle et se dilataient en un appel muet, au point de paraître deux puits d'un noir profond, occultant tout le vert de ses iris.

Nunzia rejeta sa couette et se leva, décidée. Ces gens en blanc ne pouvaient être que des Pensants.

Elle s'empara de son combiphone et appela Marien. Il apparut sur le mini-écran, totalement endormi. Ses cheveux blonds frisés étaient en bataille et il avait un drap multicolore monté jusqu'au menton.

« Tu sais l'heure qu'il est ? » gronda-t-il en se remettant l'oreiller sur la tête.

Il coupa aussitôt la communication. Mais la sonnerie retentit à nouveau.

« Marien, supplia Nunzia, je suis sûre qu'O'KrYn a été enlevé par des Pensants. »

Le garçon soupira et se cala dans son lit.

« Allez, raconte, dit-il, faisant contre mauvaise fortune bon cœur. Qu'est-ce qui te fait dire ça ? »

Il écouta son amie lui décrire son rêve : les masques blancs, les chaînes d'O'KrYn, les pupilles du Gardien des lunes dilatées en un regard implorant.

« Et moi j'ai rêvé d'une cabine de jeux qui me permettait d'affronter un ryx à mains nues, ce n'est pas pour autant que j'y crois..., grommela Marien. Les ryx sont à six années-lumière d'ici et pèsent cinq mille fois mon poids ! »

Le silence glacial de Nunzia à l'autre bout lui fit comprendre que l'heure n'était pas à l'ironie.

« Bon, dit-il, que veux-tu qu'on fasse ? Tous les Pensants disent qu'il a fugué.

— Et à ton avis, qu'est-ce qui justifierait cette fugue ?

— Je n'en sais rien, moi ; peut-être qu'il est tombé amoureux de toi ! »

Nunzia eut le souffle coupé et ne trouva rien à répondre. Marien continua :

« Il est le Gardien des lunes et, à ce titre, il n'a pas droit aux sentiments, tout du moins pas ceux-là et pas avant longtemps ; alors s'il est amoureux de toi, il a peut-être eu peur et il est parti. »

Nunzia sentit la rage l'envahir.

« Puisque je te dis qu'il a été enlevé par des Pensants !

— Nom d'un soleil, comment peux-tu affirmer ça juste à cause d'un rêve ? » cria Marien à son tour.

Nunzia garda le silence un moment.

« Tu connais un endroit où il y aurait beaucoup de vent et de pluie ? demanda-t-elle enfin.

— Mis à part la Fosse des Tempêtes...

— Où est-ce ?

— Au nord. Les Fosses d'Universelia sont presque toutes occupées. La Fosse des Tempêtes est une des rares non colonisées parce qu'elle est dotée d'un microclimat exécrable. Il y a toujours un tourbillon d'air chaud qui se heurte à des masses froides. Orages garantis.

— On y va comment ?

— Tu délires, ma pauvre fille... Les navettes-tubes n'y vont pas et c'est à trois heures en aéroglisseur ! Tu ferais mieux de continuer à chercher ton fameux livre... Je te retrouve à la Bibliothèque vers la dixième heure, si tu veux.

— D'accord », soupira Nunzia en coupant la communication.

*

Les puissants aérateurs de la Bibliothèque ne suffisaient pas toujours à refouler vers la surface d'Universelia toute la poussière accumulée au milieu des livres. Nunzia fut prise d'une quinte de toux après avoir remué une pile de livres posés à même le sol dans un endroit très peu visité. Jérémiah Cloze, qui cherchait avec elle, lui indiqua un ventilateur tout au fond sur la gauche. Là au moins elle pourrait respirer un peu d'air frais et calmer sa toux.

Après quelques détours, elle parvint à localiser le bruit de l'appareil. Les énormes pales tournaient derrière une grille protectrice. Dès qu'elle parvint à l'angle du couloir, elle se retrouva dans le courant d'air. Nunzia se sentit mieux et parcourut les derniers mètres en respirant à pleins poumons et en fermant les yeux d'aise. Lorsqu'elle rouvrit les yeux, elle vit un petit robot qui se cognait contre la grille, comme s'il voulait absolument franchir l'obstacle.

« Hé, mais qu'est-ce qui t'arrive, Toto ! ? » s'écria-t-elle en se penchant sur la petite machine.

Elle essaya de tripoter les divers boutons de commande sur le haut du boîtier métallique, mais en vain. Coincé dans une boucle de programmation, le petit robot continuait à se jeter contre la grille. Nunzia lui donna alors un coup violent sur la tête. Après un *couic* sonore, la machine cliqueta deux ou trois fois et s'immobilisa.

« Ah, tout de même ! s'exclama Nunzia en se penchant vers le “visage” du robot. Tu dois te sentir mieux, non ? »

Le petit robot tourna alors la tête en tous sens, puis sa trappe ventrale s'ouvrit d'un coup avec un grésillement inquiétant. Nunzia recula sous la surprise. Mais l'appareil était désormais immobilisé. Elle soupira. Encore un qui était « mort » ! Trop de surchauffe sans doute à s'être tapé la tête contre cette grille, qui sait depuis quand ! Nunzia allait se relever lorsqu'elle vit que le compartiment à livres contenait un volume. Elle tendit la main et retira le livre. Lorsqu'elle en lut le titre, elle faillit tomber, au sens propre, à la renverse. Elle avait entre les mains *Les Lunes d'Orionis,* le livre qu'elle cherchait partout depuis maintenant presque huit jours !

« Eh bien, toi alors, dit-elle en caressant la tête métallique du petit robot, on peut dire que tu m'auras fait courir... »

Elle se releva lentement. Sans cette quinte de toux, elle n'aurait pas cherché le ventilateur. Or, avec le bruit sourd de la machine, ni elle, ni Jérémiah, ni per-

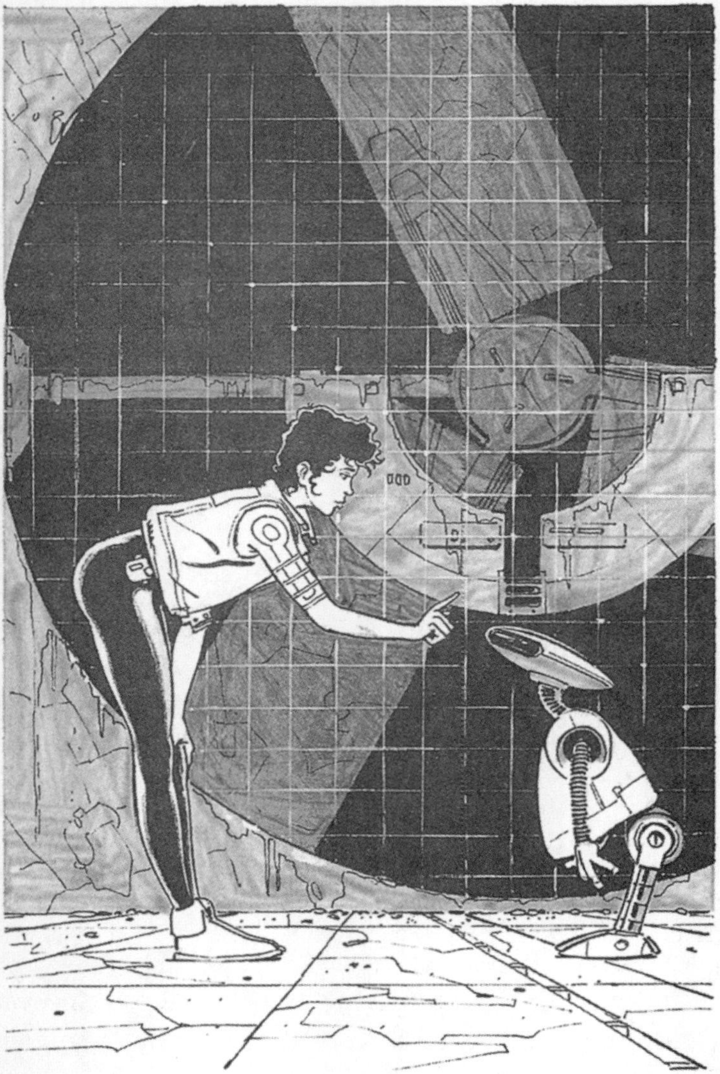

sonne d'ailleurs n'avait entendu les chocs du petit robot contre la grille... Elle regarda le livre, l'ouvrit et le feuilleta avec d'infinies précautions. Il était vieux, vieux... C'était encore du vrai papier cellulosique, du papier « d'arbre » !

Elle commença à lire quelques lignes :

Les Orionis ont eux-mêmes du mal à comprendre comment le parasite minéral qui ensemence le cerveau de certains enfants leur confère autant de particularités.

« Nunzia ! Où es-tu ? »

C'était Marien. D'un coup, elle referma le livre et le glissa sous son blouson.

« Alors ? Ça va mieux ? s'inquiéta Marien en arrivant au détour du couloir.

— Oui, oui..., murmura-t-elle, ce n'était rien qu'une petite quinte de toux, tu sais. » Elle vint à la rencontre de son ami. « Je suis fatiguée. Je crois que je vais rentrer chez moi.

— T'as raison. Ça fait trois heures qu'on cherche... Moi aussi j'en ai assez. Mon père va nous raccompagner.

— Non merci ; je préfère marcher à travers le parc jusqu'à la prochaine station de navette-tube : Joyau doit m'attendre quelque part dehors.

— Comme tu voudras ! » soupira-t-il avec une pointe de jalousie.

Sans vouloir trop le montrer, il enviait l'amitié de Nunzia et de l'oiseau.

Ils rejoignirent Jérémiah et se dirigèrent ensemble vers l'ascenseur.

« Tu veux continuer demain, Nunzia ? » demanda le bibliothécaire.

Elle ne sut trop quoi répondre et, mal à l'aise, finit par promettre de visiophoner à Marien le lendemain matin. Puis elle courut en direction du parc sous les regards étonnés de Jérémiah et de Marien, qui commençait à en avoir un peu assez des caprices de la fille Tivali.

10

Trahison

Le lendemain matin, Nunzia déboula à toute allure dans la salle à manger. Miss Colin, l'intendante de la maison, fronça les sourcils. Cette petite était tellement agitée !

« Savez-vous où est mon père, Miss Colin ?

— M. le Conseiller est déjà parti à son bureau, mademoiselle.

— Oh, criss ! » jura Nunzia.

Miss Colin fut offusquée. En plus, cette jeune personne était bien mal élevée.

« Avez-vous vu mon oiseau ? »

La vieille dame fit la moue.

« Le phénix n'est pas dans les parages. Je ne l'ai

pas vu voler autour de la maison depuis le lever du soleil.

— Si vous le voyez, prévenez-moi aussitôt par mon messageur. » Elle désignait le petit appareil qui ressemblait à une montre de poignet. « Je vais essayer de trouver mon père au Conseil. Si vous voyez ma mère, dites-lui de ne pas s'inquiéter, je ne rentrerai sûrement pas de bonne heure ce soir. J'irai à la Bibliothèque dès que j'aurai trouvé mon père. »

Elle disparut en un tourbillon. Miss Colin hocha la tête d'un air navré. Il y avait bien longtemps qu'elle travaillait au service des chefs de la Délégation terrienne. Ceux-ci se renouvelaient tous les quatre ans. Et depuis toutes ces années, Miss Colin n'avait jamais vu dans cette noble maison de tornade semblable à Nunzia Tivali.

Il faut dire aussi que les six derniers Conseillers avaient plus de cinquante ans. Dorian Tivali avait été nommé pour donner un « coup de jeune » à la Délégation. Pour un coup de jeune, avec Nunzia, c'était réussi !

*

Nunzia sortit de la navette-tube directement au niveau du bureau de son père. En arrivant dans le grand hall d'entrée, elle aperçut Perec Evguenir, le

Chef du Protocole, qui faisait les cent pas. Lorsqu'il la vit, il s'approcha aussitôt.

« Nunzia ! Tu viens voir ton père ?

— Savez-vous où il est, monsieur Evguenir ?

— Oui. Il discute dans le petit salon avec ce Pensant d'Orionis, cet U'GaHn ! » dit-il en crachant littéralement les derniers mots.

Nunzia ouvrit de grands yeux.

« Mon père et U'GaHn ? De quoi parlent-ils ?

— Ça, je donnerais cher pour le savoir, mais on ne m'a pas invité à la conversation. On m'a même prié de ne pas déranger », gronda le Chef du Protocole.

Nunzia avança de quelques pas dans le couloir pour regarder de loin le petit salon en contrebas par une baie intérieure.

Son père était bien avec U'GaHn ! Le Maître-Pensant tendait la main à Dorian Tivali et ce dernier serrait la main tendue en ajoutant même un sourire. Le geste donnait l'impression qu'un marché venait de se conclure. Nunzia se rejeta contre le mur. Elle était suffoquée. Son père sympathisait avec « l'ennemi » ! Mais pourquoi ?

« Toi aussi ça te rend pâle..., dit Perec Evguenir, lorsqu'elle revint à sa hauteur.

— Mon père en conciliabule avec ce Pensant... Ça me dégoûte ! Qu'est-ce qu'ils peuvent bien se dire ?

Je suis sûre que ce sont des Pensants qui retiennent O'KrYn prisonnier.

— Tu crois ça, toi ? Tout le monde dit qu'il a fugué, qu'il est incapable de donner le but de la migration et qu'il a honte de l'avouer.

— C'est faux. Il sait très bien sur quelle lune les Orionis doivent se rendre. Et moi aussi je le sais. »

L'homme, soudain très intéressé, se pencha vers elle.

« Et comment tu sais ça, toi ? Mummm...

— Je l'ai lu dans un livre. »

Evguenir se releva en prenant une expression moqueuse.

« Un livre ? Tu t'intéresses à ces vieux trucs ? »

Piquée au vif, Nunzia parla trop vite :

« Parfaitement. J'ai lu un livre de la Bibliothèque intitulé *Les Lunes d'Orionis,* écrit par un prévisionniste. Ce savant avait calculé toute la succession des migr... »

Elle s'arrêta d'un coup.

« Quelle succession ? » insista l'homme d'un ton mielleux.

Comprenant qu'elle en avait trop dit, elle se leva et, le feu aux joues, déclara :

« C'est un secret. Si O'KrYn n'a pas jugé utile d'en parler, je ne dirai rien non plus.

— Comme tu veux, admit Evguenir. Mais ce livre, c'est toi qui l'as ? Il serait peut-être intéressant que, ton père ou moi, nous l'ayons en notre possession. Où est-il ?

— Ça non plus je ne le dirai à personne.

— Sale caractère ! jeta l'homme avec mépris. Tu es aussi têtue et bornée que ces Orionis. Pas étonnant que tu fricotes avec leur chef ! »

Nunzia recula sous l'insulte. Elle sortit du bureau le plus vite possible et prit la direction de la sortie.

« Où vas-tu ? Attends un instant, ton père ne devrait pas tarder à te recevoir, cria Evguenir dans son dos.

— Où je vais ne vous regarde pas ! » bougonna-t-elle en s'éloignant.

Décidément les adultes étaient trop bêtes ! Son père pactisait avec l'ennemi, Evguenir était aveuglé par son antipathie pour les Orionis... Il ne lui restait qu'une chose à faire : agir seule.

11

L'expédition

Pestant contre la planète entière, Nunzia sortit des bureaux de la Délégation terrienne d'un pas nerveux. Elle se réfugia dans le parc où elle retrouva Joyau. Le phénix planait au-dessus des arbres. Elle ne lui adressa qu'un regard rapide, complètement absorbée dans ses réflexions.

Fallait-il qu'elle parle à Marien de ses projets ? Non. Pas plus qu'hier il n'accepterait de l'aider à se rendre à cette fameuse Fosse des Tempêtes ! Lui, pourtant féru d'irréel avec ses mondes virtuels, refusait d'admettre que les rêves prémonitoires puissent exister. Pourtant, elle avait senti confusément sur le *Vangélis* qu'elle aurait des ennuis sur Universelia. Et elle en avait ! Enfin pas elle, mais O'KrYn. Les problèmes du Gardien des lunes étaient devenus les siens.

Or, elle était quasiment sûre qu'O'KrYn était retenu prisonnier dans un endroit aussi étrange que pouvait l'être cette Fosse des Tempêtes décrite par Marien. Il fallait qu'elle en ait le cœur net. Elle devait y aller et, pour cela, il lui fallait un plan. Où en trouver un, sinon à la Bibliothèque ?

Elle s'y rendit aussitôt, se forçant à être le plus naturelle possible. Elle salua poliment le père de Marien, tapota sur la tête d'un petit robot en disant : « Salut, Toto ! », puis s'assit devant une banque de données. Un quart d'heure plus tard, elle avait ce qu'elle voulait : un vieux recueil des plans de construction des souterrains d'Universelia. Dans un coin de la grande salle de lecture, elle se plongea dans ses repérages pour prendre des notes dans son agenda électronique. Elle releva le chemin jusqu'à la Fosse des Tempêtes. Quel dommage qu'elle n'ait pas la mémoire d'O'KrYn !

Le réseau de navettes-tubes n'allait pas jusqu'à cette fameuse Fosse. Les travaux avaient été commencés mais jamais terminés. Seuls les tunnels avaient été creusés. Aucun aménagement n'avait été fait. Nunzia comprit qu'il lui faudrait marcher un bon moment dans des galeries humides et sans doute obscures, lorsqu'elle aurait atteint la dernière station de navette-tube.

Afin de préparer au mieux son expédition, elle repassa chez elle où, par chance, elle ne rencontra âme qui vive. Elle se munit de vêtements confortables, de bonnes chaussures de marche, d'une lampe Maglight à longue portée et d'un sac à dos où elle glissa des photocopies des plans, au milieu de paquets de gâteaux et de boîtes de boisson.

Elle referma doucement la porte derrière elle, fredonnant un vieil air folklorique :

« She's leaving home, bye-bye, bye-bye. »

Au moment où elle allait s'engouffrer dans l'ascenseur qui la descendrait au niveau des navettes-tubes, elle aperçut à nouveau Joyau qui planait au-dessus d'elle. Elle lui fit un grand geste. L'oiseau vint se poser sur son poing. Elle le caressa tout en murmurant :

« Je ne peux pas t'emmener sous terre avec moi, mon beau. Je vais vers le nord, vers la Fosse des Tempêtes, délivrer O'KrYn. Rejoins-moi là-bas. »

Puis elle lança le phénix pour qu'il reprenne son envol. Elle le vit faire des ronds dans le ciel avant de filer vers le nord. Avait-il compris son message ?

À cette heure de la journée, les quais étaient presque déserts. Lorsque la navette arriva, deux hommes montèrent dans le même compartiment qu'elle. Ils ne lui disaient rien qui vaille. À l'arrêt suivant, elle descendit et longea le quai. Lorsqu'elle entendit le signal sonore annonçant la fermeture des portes, elle sauta au dernier moment dans un wagon. Elle regarda par la vitre et aperçut les deux hommes qui tentaient à leur tour de remonter dans la navette-tube. N'y parvenant pas, ils frappèrent les vitres d'un poing rageur. Au passage, elle ne put s'empêcher de leur décocher un sourire moqueur.

Mais le sourire s'effaça bien vite. Désormais, elle savait qu'elle était suivie. Pour le compte de qui ? U'GaHn ? Elle devrait redoubler de vigilance.

Deux heures plus tard, elle descendait à la dernière station au nord et se cacha dans un recoin jusqu'à ce qu'il n'y ait plus de passagers sur les quais. Ses deux suiveurs n'avaient donc pas retrouvé sa piste. Elle entreprit alors de se glisser le long d'une galerie sombre menant, selon son plan, à la Fosse des Tempêtes. Elle eut du mal à franchir une lourde grille contre laquelle elle se meurtrit l'épaule droite. Derrière, c'était l'inconnu. Elle avança dans la pénombre un moment. Très vite, elle dut allumer sa lampe, le noir devenant de plus en plus intense. Elle marchait le long de la paroi : ce qui lui paraissait plus sécurisant que le milieu du tunnel. O'KrYn l'attendait quelque part au bout de ce boyau, elle en était certaine... Le Gardien des lunes avait besoin de son aide. Elle serait à la hauteur ! Elle reprit le plus gaiement possible sa petite chanson :

« Bye-bye, bye-bye... »

Une heure plus tard, elle se sentait moins sûre d'elle. Soudain, à un détour du large couloir, elle entendit un bruit. D'instinct elle se plaqua contre la paroi humide. Elle balaya le couloir avec le faisceau de sa torche le plus loin possible. Rien. Pourtant elle continuait à entendre le bruit. Une sorte de souffle, une... respiration. Essayant de refréner les battements de son cœur, elle tenta d'en localiser l'origine. Cela venait... d'en haut !

Elle dirigea sa torche vers la voûte et aperçut alors un gigantesque lézard, un varan, accroché à la roche au-dessus d'elle. Elle ne put retenir un cri. La lumière faisait jouer d'effrayants reflets verdâtres sur les écailles luisantes de la bête. Elle mesurait bien deux ou trois mètres ! Sa longue queue fouettait l'air tandis que ses pattes, larges comme des raquettes, s'agrippaient de toutes leurs griffes aux aspérités rocheuses. La tête du monstre se tourna vers elle et ses yeux mobiles sous leur triple paupière la fixèrent. Alors la peur s'empara de Nunzia. Une peur incontrôlable, viscérale.

Elle courut à perdre haleine sur une bonne centaine de mètres, trébuchant sur le sol inégal et glissant à certains endroits boueux. Elle crut qu'elle allait mourir d'épuisement lorsqu'elle aperçut enfin devant elle un halo de lumière ! C'était la lumière du jour. Elle avait atteint le bout du tunnel.

Épuisée, elle émergea à l'extérieur. La pluie était tombée peu de temps auparavant. Les feuilles des arbres dégoulinaient de gouttes brillantes et des flaques miroitaient çà et là. Mais pour Nunzia, cette première vision de la Fosse des Tempêtes fut paradisiaque. Elle se retourna pour voir si le varan ne l'avait pas suivie. Mais non. Rien ne bougeait à l'entrée du tunnel où aurait dû circuler une navette-tube qui n'avait jamais été construite.

Elle s'avança à découvert et aperçut tout un ensemble de cabanes de chantier ayant servi autrefois aux ouvriers. Elle s'approcha de la plus grande, poussa la porte et entra. Avant même qu'elle ait eu le temps de réagir, un énorme bras l'enserrait pour la décoller du sol.

« Qu'est-ce que c'est que ce moustique qui nous arrive ? »

Nunzia cria, se débattit, tentant de donner des coups de pied dans les mollets de son agresseur. En face d'elle, trois individus riaient aux éclats en voyant ses jambes s'agiter à cinquante centimètres du sol.

« Passe-moi la corde et un bâillon, Grenn », demanda l'homme qui la tenait.

L'un des hommes se leva et, toujours riant, tendit une corde et un chiffon.

« Fais gaffe, Lair, serre pas trop, tu pourrais l'étouffer. »

En moins de temps qu'il ne faut pour le dire, Nunzia se retrouva ligotée et bâillonnée sur une chaise.

Tentant tant bien que mal d'apaiser les battements de son cœur, elle détailla ses geôliers.

Le nommé Lair était une vraie montagne vivante. Un individu énorme, au faciès poilu et niais. Les trois autres étaient tout aussi velus. Nunzia en conclut qu'il s'agissait d'humanoïdes dont elle ignorait le nom. Ils s'exprimaient dans un galactique fruste et leurs grosses mâchoires ne pouvaient articuler convenablement.

Un antique téléphone sans fil sonna dans un coin de la pièce. Grenn répondit :

« Chef, on a de la visite. Une fille terrienne. Brune. Douze, treize ans. »

L'individu écouta un moment, puis partit d'un rire sonore. Il reposa le combiné.

« Le chef dit qu'il avait envoyé deux hommes courser cette fille dans les navettes-tubes mais qu'elle leur avait échappé. C'est pas beau, ça ? Elle est venue tout juste se jeter dans nos pattes. »

Ce disant, il agitait sous le nez de Nunzia deux mains velues larges comme des battoirs.

« Qu'est-ce qu'on en fait ? demanda Lair.

— On la met avec l'autre ! »

Tandis qu'on détachait ses liens, Nunzia eut le temps d'apercevoir par la porte du fond entrouverte une série de vieux robots ouvriers alignés contre la paroi. Les vingt machines de forme humaine avaient, en guise de visages, de simples masques blancs, percés de deux trous. Exactement comme dans ses cauchemars. Son sang se glaça.

Nunzia n'eut pas le loisir de s'interroger davantage. Un coup sur la tête la plongea dans le noir.

12

Évasion

Une main douce caressait son front et sa joue. Elle sentait sous elle un sol dur et froid, mais sa tête était bien calée sur des genoux repliés.

« Où suis-je ? murmura-t-elle.

— Nunzia ! Enfin, tu reviens à toi ! C'est moi, O'KrYn. »

O'KrYn ? Elle ouvrit les yeux, mais ne vit rien du tout. Son cœur s'affola. Elle se redressa à demi en criant :

« Je ne vois rien !

— N'aie pas peur, c'est normal. Nous sommes dans le noir complet. Et ne crains rien, je vois dans l'obscurité. »

« Ses yeux de chat », se souvint Nunzia !

Elle tâtonna en faisant demi-tour.

« O'KrYn, où es-tu ? »

Sa main rencontra l'étoffe soyeuse de la tunique du Gardien des lunes.

« Je suis là. J'ai eu si peur lorsqu'ils t'ont jetée évanouie près de moi. J'avais peur que tu ne sois blessée. Il y a une belle bosse sur ta nuque ! »

Ils se trouvèrent assis l'un à côté de l'autre contre un mur couvert d'aspérités.

« Où sommes-nous ? demanda Nunzia en touchant la paroi rugueuse.

— Dans une cave, sous les cabanes de chantier », répondit O'KrYn.

Voilà qui expliquait ce noir profond et cette étrange odeur d'humidité qui chatouillait les narines de Nunzia. Elle réprima un frisson. Elle avait froid. O'KrYn la serra contre lui, passant un bras autour de ses épaules. Elle se détendit un peu, puis ramenant ses genoux sous son menton, elle demanda :

« Comment se fait-il qu'on soit là ? Pourquoi as-tu disparu ?

— C'eut une longue histoire », soupira le Gardien des lunes.

Il se mit à raconter.

Lorsqu'il était passé d'une lune à l'autre pour « sentir » laquelle des quatre lunes inoccupées d'Orionis était prête à recevoir son peuple, O'KrYn avait identifié la lune Rouge comme étant celle qui attendait leur venue. Mais il avait aussi reçu une onde de choc violente : la lune Rouge souffrait. Quelque chose d'anormal se déroulait quelque part dans son sous-sol. Les cristaux du calcul minéral incrusté dans le cerveau du Gardien des lunes avaient senti que quelqu'un *torturait* le sol de la lune Rouge !

Or, personne n'avait le droit de vivre sur les lunes, hormis les Orionis. L'accord était interstellaire, ratifié par le Conseil d'Universelia...

« Mais qui ? demanda Nunzia. Peut-être des Orionis renégats ? »

O'KrYn soupira :

« Je n'ose l'imaginer. Mais en tout cas ce sont des êtres sans scrupules prêts à exploiter les richesses de la lune des Déserts. La puissance de notre cristal sans doute...

— Comme celui que tu as dans la tête ?

— Parfaitement ! »

O'KrYn se mit à rire de bon cœur. Nunzia se pressa un peu plus fort contre lui.

« Tu n'y vas pas par la spirale, toi au moins. Directe au centre comme toujours !

— Excuse-moi, dit Nunzia, gênée. J'agis trop vite parfois. C'est d'ailleurs à cause de cela que je suis ici ! »

Elle lui raconta ses aventures ainsi que la longue

recherche du livre et comment elle l'avait retrouvé par hasard dans le petit robot en panne.

« Je l'ai lu, ce fameux livre, ajouta-t-elle. L'auteur prédisait que la migration de cette année aurait lieu vers la lune Rouge.

— Oui, ce scientifique terrien était un génie. À aucun moment il ne s'est trompé. Mais moi, avant de venir sur Universelia, j'avais un énorme doute. Je ne savais plus si mon choix de la lune Rouge était vraiment le bon ou s'il avait été influencé par sa souffrance d'être pillée. Alors je me suis rappelé, grâce aux souvenirs successifs des Gardiens qui m'ont précédé, qu'un Terrien était jadis venu rendre visite à mon peuple et qu'il avait étudié nos mœurs avec attention.

« Je n'avais que son nom, mais cela a suffi pour que je retrouve sa trace dans les archives terriennes. J'ai appris, en lisant son livre, que mes dons ne m'avaient pas trompé. Il ne me restait plus qu'à précipiter les événements en effrayant les pilleurs de la lune Rouge. Voilà pourquoi j'ai refusé de la nommer le jour de la cérémonie. J'ai pensé que cela leur ferait peur et les obligerait à réagir pour que je puisse les identifier. Hélas ! mon plan n'a que trop bien fonctionné. Ils ont réagi, et nous voici kidnappés tous les deux sans savoir par qui !

— Ces humanoïdes, là-haut..., commença Nunzia.

— Ce sont des Tygns, des hommes de main, tout au plus. Ce sont eux qui t'ont enlevée ?

— Même pas, j'ai fait mieux que toi, je suis venue me jeter dans leurs pattes comme ils me l'ont gentiment fait remarquer.

— Pourquoi es-tu venue ?

— Je te cherchais, Gardien des lunes... Après avoir lu le livre, je l'ai... »

O'KrYn plaqua soudain sa main sur la bouche de Nunzia.

« Surtout ne me dis pas où tu l'as mis.

— Il y a des micros ici ? demanda Nunzia, surprise.

— Bien pire, murmura le Gardien des lunes. Il y a moi !

— Je ne comprends pas.

— Voyons, Nunzia, je ne peux pas mentir. Si jamais ceux qui nous retiennent prisonniers s'avisaient de m'obliger à révéler la cachette de ce livre, je ne pourrais que parler. Et ainsi ils s'en empareraient et détruiraient cette unique preuve matérielle du lieu de la prochaine migration. C'est le devenir écologique et spirituel de mon peuple qui est en jeu. »

Nunzia garda donc le silence sur la ruse dont elle avait usé pour mettre le livre en lieu sûr.

« J'ai voulu prévenir mon père, poursuivit-elle, et

lui dire le lieu de la prochaine migration, mais je l'ai vu en train de discuter avec U'GaHn.

— U'GaHn ? reprit O'KrYn, mais que faisait-il à la Délégation terrienne ?

— C'est ce que je voudrais bien savoir... »

*

Des heures plus tard, une trappe s'ouvrit soudain et la lumière se fit enfin dans la cave. Nunzia, qui dormait contre O'KrYn, se redressa ankylosée.

« C'est l'heure du repas, murmura O'KrYn en se levant. Nos geôliers sont de parfaits idiots. Nous devons profiter de ces instants pour nous échapper au plus vite, avant que ceux qui donnent les ordres n'arrivent. J'ai une idée pour nous sortir d'ici. Seul, je ne pouvais y arriver. Mais avec toi... Regarde... »

Il lui montra un boîtier noir garni de nombreux boutons.

« C'est la télécommande des robots ouvriers stationnés là-haut. Le premier jour je suis resté ligoté près de ces machines. J'ai mémorisé leur mode d'emploi qui était affiché et j'ai réussi à subtiliser la télécommande.

— Tu crois qu'ils fonctionnent encore ?

— Les voyants de leurs batteries sont presque éteints, mais pour ce que je veux faire, ça suffira. En revanche, pour que je puisse les activer et les programmer pour une attaque, il faut faire diversion. Pendant le repas, tente quelque chose pour distraire nos geôliers.

— Qu'est-ce que tu veux que je fasse ? gronda-t-elle. La danse du ventre ? »

O'KrYn se mit à rire. Malgré la précarité de leur situation, Nunzia savait réagir avec humour.

Deux silhouettes massives se penchèrent au-dessus de la trappe. « À la soupe ! » cria l'un des Tygns en leur faisant signe de monter. Les êtres poilus avaient posé sur la table une miche de pain et des gamelles fermées contenant les repas des deux prisonniers.

Lorsqu'ils furent un peu rassasiés, Nunzia fit un clin d'œil discret à O'KrYn. Les Tygns ne remarquèrent pas le manège : quand on a une arcade sourcilière à poils longs, le clin d'œil n'est pas dans les mœurs.

D'un coup, elle tomba de sa chaise, se tordant sur le sol en se tenant le ventre. Les quatre Tygns sursautèrent et se penchèrent sur elle.

« À toi, O'KrYn », pensa-t-elle. Elle vit le Gardien des lunes se glisser dans la pièce voisine.

Tout en continuant à se tordre sur le sol et à gémir qu'elle allait mourir empoisonnée, elle implorait silencieusement O'KrYn de faire vite...

Elle n'allait pas pouvoir simuler longtemps. Heureusement, alors que les mains poilues commençaient à la redresser pour l'examiner, un tohu-bohu épouvantable retentit dans la pièce voisine. Soudain, sous les yeux hébétés des quatre Tygns, la cloison entière s'abattit dans un nuage de poussière, sous la pression des vingt paires de bras des robots aveugles.

Estomaqués par l'irruption de cette armée de fantômes, les Tygns restèrent pétrifiés. Ce fut suffisant au Gardien des lunes pour attraper Nunzia d'une main, une torche de l'autre et bondir au-dehors.

*

« On file, cria O'KrYn.

— Où ? demanda Nunzia, en le retenant.

— Par le tunnel ! »

Nunzia s'arrêta.

« Je ne veux pas retourner là-dedans. Il y a un varan énorme.

— Nunzia, supplia O'KrYn, ce varan est sans doute parti. Nous n'allons faire que quelques centaines de mètres dans le tunnel. Un peu plus loin, il y a une seconde sortie sur une autre partie de la Fosse des Tempêtes.

— Comment le sais-tu ?

— J'ai lu ton agenda électronique pendant que tu dormais. Grâce à ton plan nous allons pouvoir sortir rapidement de cet enfer. Quant aux Tygns, outre qu'ils ne sont guère intelligents, j'ai lu un jour qu'ils ne voyaient rien dans le noir. Nous pouvons être tranquilles. »

À ce moment précis, ils entendirent un hurlement de rage. Un des Tygns échappant aux robots fous s'était lancé à leur poursuite.

Le temps n'était plus à la réflexion. Ils foncèrent en direction du tunnel. À peine eurent-ils fait une trentaine de mètres qu'ils entendirent le Tygn se jeter sans hésiter lui aussi dans le noir.

« Ah, bravo l'Enfant-Mémoire ! s'écria Nunzia. Quand tu lis quelque chose, lis-le jusqu'au bout ! Je parie que le dernier paragraphe disait que les Tygns se repèrent au flair dans l'obscurité...

— Tais-toi et cours... », bougonna O'KrYn.

Soudain ils se trouvèrent à une intersection. Face à eux s'ouvraient trois galeries identiques à celle dont ils sortaient.

« Par où aller ? demanda Nunzia, atterrée à l'idée de se perdre dans les entrailles sinistres d'Universelia : elle se rappelait trop bien sa précédente expérience.

— Prenons celle-ci. »

Les cris de rage du Tygn se rapprochaient dangereusement. L'humanoïde était très rapide. Dans quelques instants, il fondrait sur eux.

« Cours, Nunzia ! Je vais essayer de le retenir.

— Non, je ne veux pas te quitter. »

Ils attendirent alors le Tygn, chacun un caillou à

la main. Soudain un cri effroyable retentit. O'KrYn braqua sa lampe et découvrit l'horrible spectacle. Le varan s'était laissé tomber sur l'humanoïde et un terrible combat s'ensuivait. Ils frissonnèrent en pensant qu'ils venaient de passer quelques instants plus tôt au-dessous du grand lézard !

« Viens, il faut sortir de là le plus tôt possible. »

Il lui tendit à nouveau la main. Elle la saisit et ils se remirent à courir.

Un quart d'heure plus tard, la lampe s'éteignit. Serrée contre O'KrYn, Nunzia avança dès lors comme une poupée mécanique, faisant une confiance totale à la mémoire phénoménale du garçon qui l'entraînait dans l'obscurité absolue. Ils marchèrent ainsi à tâtons environ dix minutes avant d'apercevoir enfin un rai de lumière.

13

La Fosse des Tempêtes

Lorsqu'ils émergèrent à nouveau dans la Fosse des Tempêtes, Nunzia et O'KrYn furent saisis par la fureur des éléments autour d'eux. Un orage avait éclaté et une pluie violente les cingla au point qu'ils firent marche arrière à l'abri des rochers.

« Elle porte bien son nom, cette Fosse des Tempêtes, s'écria Nunzia, c'est tout à fait comme lorsque j'ai rêvé de toi...

— Tu as rêvé de moi ? »

Le ton du Gardien des lunes était bizarre, entre l'ironie et l'espoir, au point de faire rougir Nunzia. Elle fut heureuse que la semi-obscurité cache aux yeux d'O'KrYn ce réflexe qu'elle jugea imbécile.

« Ce n'est pas ce que tu crois, bougonna-t-elle, j'ai rêvé que tu étais dans un endroit rocheux et pluvieux. C'est ce qui fait que je suis là ! Je suis venue à cause de ce rêve. Moi j'y crois !

— Mais moi aussi, dit-il. La preuve : j'ai suffisamment pensé à toi pour avoir réussi à influencer tes rêves... »

Elle le regarda étonnée, puis haussa les épaules. Il devait se moquer d'elle. Elle donna un violent coup de pied dans un caillou qui rebondit contre la paroi. Bien décidée à bouder, elle s'éloigna de quelques mètres mais le froid la fit soudain frissonner.

« Viens », murmura-t-il en lui tendant les bras.

Elle revint près du Gardien des lunes et se blottit contre lui. Elle aurait voulu que cet instant durât une éternité. Mais son regard fut soudain attiré par une éclaircie au milieu de la tourmente.

« Regarde », dit-elle en pointant le menton vers l'extérieur.

Le ciel était en train de s'ouvrir comme si une immense main déchirait la couche de nuages pour rejeter de chaque côté de la Fosse les masses grises gorgées d'eau. Le vent semblait être totalement tombé.

Nunzia avança de quelques pas et mit le nez hors du boyau boueux. Elle leva les yeux et observa le phénomène. O'KrYn, derrière elle, en fit autant. Le ciel bleu grandissait à vue d'œil et le soleil illumina soudain toute la Fosse.

« Waouh ! s'écria Nunzia en un grand éclat de rire. Le beau temps arrive !

— Les nuages ont comme fondu. Je n'ai jamais rien vu de pareil ! murmura le Gardien des lunes.

— Moi si, une fois, sur Kerty où j'étais en vacances avec mes grands-parents. Cet effet provient d'un générateur de stase climatique !

— Un quoi ?

— Un appareil qui permet de modifier le climat à un endroit précis.

— Comment est-ce possible ?

— L'appareil est placé dans un vaisseau quelque part en orbite et envoie un rayon conique sur la planète. Tout ce qui se trouve au sol dans ce cône, nuages, ouragan, typhon et trucs du même genre, est immédiatement neutralisé. Et c'est le beau temps !

— Mais qui peut bien faire ça ? s'interrogea O'KrYn en levant le nez.

— Ça, je voudrais bien le savoir... »

Nunzia avança un peu plus en terrain découvert, elle aussi le nez en l'air. Après quelques instants passés à scruter le ciel, elle se retourna. Elle montra à O'KrYn un point qui grossissait dans le ciel.

« Joyau ! » s'écria-t-elle.

Le phénix vint se poser sur le poing tendu. Les

serres labourèrent la main de Nunzia qui grimaça mais sa joie de revoir l'animal occulta la douleur.

« Alors, mon beau, tu as profité du soleil pour descendre, n'est-ce pas ? Il doit y avoir un moment que tu tournais au-dessus de cette purée de pois, non ? »

Le phénix roula des yeux, cligna des paupières en regardant tour à tour Nunzia et O'KrYn. Le Gardien des lunes tendit la main et caressa le plumage multicolore de l'oiseau.

Une ombre double les gagna soudain. Ils se tournèrent et se figèrent. Deux énormes navettes étaient en train de descendre à leur niveau. Toute fuite était impossible.

« Criss ! jura-t-elle. Voilà pourquoi ils ont dégagé les nuages, pour mieux nous repérer ! »

O'KrYn porta soudain les mains à ses tempes.

« Qu'est-ce qui t'arrive ? demanda Nunzia en s'accrochant au bras de l'Enfant-Mémoire après avoir posé le phénix sur un rocher tout proche.

— Du cristal des lunes, murmura O'KrYn dans un souffle. Ils en ont à bord de leurs véhicules !

— Comme celui de ton cerveau ? demanda encore Nunzia.

— Oui. Sauf que les échos du mien sont comparables à une symphonie alors que celui-ci est en quelque sorte sauvage et résonne à peu près comme un tambour. Mais je le reconnaîtrais où que ce soit ! »

Des hommes, fusilaser à la main, sortirent du premier véhicule qui atterrit. Nunzia reconnut parmi eux ses deux poursuivants qu'elle avait semés dans la navette-tube. Un homme vêtu d'un imperméable gris sortit de l'autre navette et s'approcha.

« Alors, mes mignons, on voulait nous fausser compagnie ? »

Nunzia rejeta violemment la main qui lui broyait le bras.

L'homme allait la frapper lorsque le phénix vint s'interposer menaçant son visage de son bec acéré. Le bandit recula.

O'KrYn s'avança à son tour, blanc de colère.

« Comment avez-vous osé arracher du cristal au sol d'une des lunes d'Orionis ? lança-t-il à la face de l'homme qui semblait être le chef de la bande.

— Tiens-toi tranquille, Gardien des lunes, menaça le bandit. La seule raison pour laquelle nous ne te tuons pas tout de suite, c'est que tu peux nous être utile : tu pourrais envoyer ton peuple sur une autre lune que la Rouge. Car, par malchance pour nous – ou plutôt pour vous –, il s'agit bien de celle que tu as choisie, n'est-ce pas ? Je t'apprendrai à mentir... Sous la contrainte s'il le faut ! acheva-t-il en ricanant et en montrant Nunzia.

— Salaud ! » hurla-t-elle en se précipitant pieds et poings en avant.

Mais le chef du commando la cueillit d'une poigne

solide et la colla dans les bras d'un de ses sbires en uniforme rouge qui s'était approché.

« Embarquez-moi tout ça ! gronda-t-il. Direction la Faction, et que ça saute ! Et faites attention, n'oubliez pas qu'ils ont réussi à éliminer quatre Tygns... Bon voyage dans l'hyperespace, mes cocos ! » ironisa-t-il en faisant un geste de la main à Nunzia et O'KrYn.

Puis l'homme rejoignit sa navette tandis que trois hommes, sous la direction du quatrième en uniforme, obligeaient Nunzia et O'KrYn à monter à l'arrière de l'autre véhicule.

« Laisse-moi m'asseoir en face de l'ordibord », souffla O'KrYn dans l'oreille de Nunzia au moment où on les poussait dans le véhicule.

Elle comprit immédiatement que le Gardien des lunes voulait pouvoir lire toutes les coordonnées qui s'afficheraient sur l'écran de contrôle qui reliait le véhicule au vaisseau mère. Elle se glissa tout au bout de la banquette et se retrouva collée contre l'autre portière.

« Appelle Joyau ! » murmura encore le Gardien des lunes.

Elle le regarda, étonnée. Pourquoi entraîner l'oiseau dans un vol spatial ?

« Fais ce que je te dis ! » insista-t-il entre ses dents.

Elle se pencha vers la portière avant qui était ouverte et siffla en direction du phénix toujours posé sur son rocher. En entendant l'appel de sa maîtresse, il prit son vol et plongea vers la portière ouverte.

« Hé ! hurla un des hommes, on n'emmène pas cette bestiole.

— Vous n'avez qu'à la faire descendre... », proposa Nunzia, ironique.

L'homme passa la tête par la porte et se pencha vers l'arrière. Son œil droit ne dut son salut qu'au fait qu'il recula comme l'éclair devant le coup de bec de l'oiseau déjà posé sur l'épaule de Nunzia.

« Je vais le rôtir ! s'écria l'homme en armant son fusilaser.

— Non ! s'écria Nunzia en serrant Joyau contre elle. Si vous tirez, vous me tuez avec lui !

— Laisse tomber, Ryn, aboya l'homme en rouge. Ce n'est qu'un oiseau... Si elle veut l'emmener, qu'elle l'emmène. Y'a pas de danger.

— Vous en êtes sûr ? demanda le nommé Ryn. On dirait un phénix.

— Mais non, regardez, c'est un aigle terrien », affirma Nunzia, crânement.

Elle comptait sur le fait que très peu de gens avaient vu un phénix d'aussi près.

« Il ne me quitte jamais, insista Nunzia, il est venu avec moi depuis la Terre. »

En grommelant, l'homme rengaina son arme puis monta à côté du pilote du véhicule, le plus loin possible de l'oiseau. Quand les autres se furent installés devant Nunzia et O'KrYn, ils décollèrent.

Tandis qu'ils grimpaient à une allure vertigineuse en direction de la haute atmosphère, Nunzia se tourna vers O'KrYn. Il tenait à nouveau ses tempes à deux mains. Le cristal sauvage, certainement enfermé dans le coffre derrière eux, à l'arrière de la navette, devait encore lui vriller la tête d'une façon ou d'une autre. À moins qu'O'KrYn ne jouât la comédie... car cette position lui permettait de masquer la direction de son regard aux hommes devant lui. Il fixait en effet devant lui l'écran de l'ordibord où s'affichaient une multitude de données. Aussi bien des codes d'identification que les coordonnées de l'endroit où ils se rendaient. Nunzia sourit.

Bientôt la longue suite de chiffres, de lettres et d'icones n'aurait plus de secrets pour l'Enfant-Mémoire d'Orionis. Aussitôt qu'il le pourrait, il reproduirait toutes ces données pour prévenir les secours. Mais comment ?

14

Métamorphose

Bien que l'ascension rapide lui donnât la nausée, Nunzia restait le nez collé contre la vitre. Elle vit qu'ils filaient en direction d'un astronef noir en orbite basse dont les peintures d'identification ne laissaient aucun doute. Ils étaient enlevés par un vaisseau de la Faction de Véga. Cette petite constellation de la Voie lactée était réputée pour avoir donné naissance aux plus grands pirates que l'Humanité ait jamais connus ! Réunis dans une organisation appelée la Faction, ils écumaient les routes de l'espace, toujours prêts à piller tout ce qui passait à leur portée et à se vendre à n'importe quel prix.

Nunzia eut soudain très peur. Comment allait-on

pouvoir les retrouver une fois qu'ils seraient partis à travers l'espace ? À New Terra on avait dû se rendre compte maintenant de sa disparition qui s'ajoutait à celle du Gardien des lunes. Ses parents devaient être fous d'inquiétude. Et son père devait remuer ciel et terre pour la retrouver. Mais pouvait-il deviner qu'elle s'apprêtait à quitter la planète en sautant dans l'hyperespace à bord d'un vaisseau pirate ?

O'KrYn se pencha vers elle.

« Tu vois les codes sur la coque ? demanda-t-il dans un souffle.

— Oui.

— Alors écris-les-moi. »

Il posa sa main paume ouverte sur la jambe de Nunzia. Elle mit un instant à comprendre, puis commença doucement à tracer du bout de son index, dans la main d'O'KrYn, les chiffres et les lettres qui constituaient le numéro d'identification du vaisseau de la Faction. Devant eux, les hommes ne remarquèrent même pas cet étrange manège. Le Gardien des lunes conservait toute son attention visuelle pour l'écran.

Nunzia admira une fois de plus l'incroyable capacité cérébrale du garçon à son côté. Il lisait ce qu'elle lui transmettait par le sens du toucher. Elle compta mentalement deux séries de vingt et un chiffres. Elle ne quittait pas la fenêtre des yeux. Seul son index effleurait la peau d'O'KrYn. Elle termina son étrange

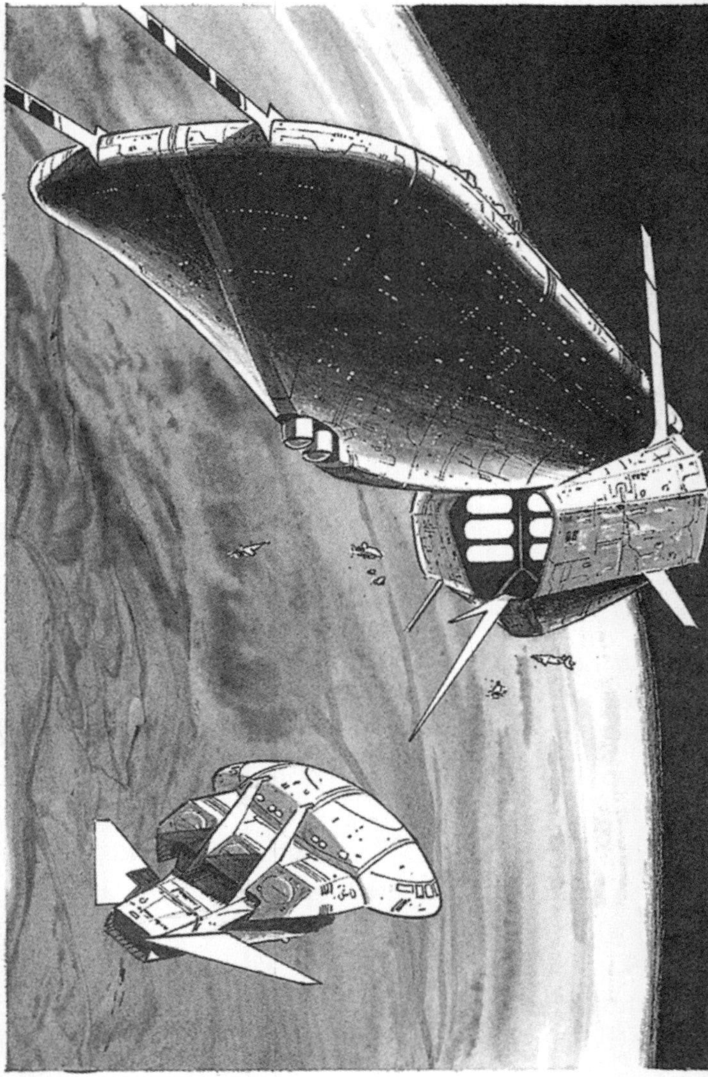

transmission par une pression de toute sa main sur celle du Gardien des lunes. Puis elle échangea avec lui un regard lourd de sens. Leurs doigts restèrent entrecroisés. Comment allaient-ils prévenir Universelia ?

Une douleur à l'épaule droite lui fit relever les yeux vers Joyau dont les serres labouraient son blouson. Un étrange reflet dans le plumage de l'oiseau l'intrigua. Elle porta la main gauche sur le corps du phénix et la recula aussitôt comme si elle s'était brûlée. Le contact des plumes était devenu froid comme du métal.

Elle ouvrit la bouche pour s'étonner de la chose lorsqu'une pression de la main d'O'KrYn lui fit comprendre de ne pas s'inquiéter. Le Gardien des lunes se pencha contre elle à la faveur d'une manœuvre d'approche de l'aéroglisseur en direction de l'immense sas d'appontage du vaisseau noir.

« Laisse-moi faire. Joyau est notre seule chance. »

Il prit l'oiseau sur l'épaule de Nunzia et le glissa à leurs pieds. Ainsi il était à l'abri des regards de leurs kidnappeurs.

Nunzia ne pouvait détacher ses yeux de l'oiseau qui se transformait à vue d'œil. Ses plumes perdaient leurs magnifiques couleurs pour devenir d'un gris brillant et métallique. Le duvet surmontant les serres était en train de se résorber au profit de minuscules ergots d'acier. La tête de l'oiseau devenait brillante comme de la pierre et, lorsque Nunzia se pencha et posa sa main sur le crâne de l'oiseau, elle éprouva l'étrange sensation de caresser une statue du plus dur métal. Seuls les yeux de l'animal continuaient à rouler sous leurs paupières protectrices qui avaient maintenant la dureté du verre.

« C'est l'altitude qui fait ça ? » demanda Nunzia dans un murmure.

O'KrYn acquiesça en silence.

L'un des hommes devant eux, croyant qu'elle faisait allusion aux nausées qui leur tordaient tous plus ou moins l'estomac, répondit :

« Nous sommes sortis de l'atmosphère. On arrive au vaisseau. Ça va passer. »

Le sourire d'O'KrYn fit comprendre à Nunzia que le Gardien des lunes avait un plan. Que comptait-il donc faire ?

La masse immense du vaisseau noir occulta tout l'espace devant la navette qui ne semblait qu'une petite mouche plongeant vers la première porte du sas d'appontage. La manœuvre dura de longues minutes. La porte s'ouvrit et la navette entra dans le sas. Puis Nunzia vit la porte se refermer derrière eux. Ils attendirent encore un long moment dans le silence. Enfin une voix retentit dans le haut-parleur de l'ordibord :

« Atmosphère pressurisée rétablie dans le sas. La

seconde porte va s'ouvrir sur l'intérieur du vaisseau. Vous pouvez descendre de la navette. »

Les portières de la navette se soulevèrent. O'KrYn se tourna vers Nunzia et lui mit le phénix dans les bras. Le corps de l'oiseau était presque entièrement rigide ; elle ne sentait même plus battre le cœur de son ami sous la carapace qu'était devenu son plumage.

« Dépêchez-vous, les gars, grogna le pilote. Je dois encore retourner sur Universelia. »

Lorsque les hommes de la Faction leur firent signe de se lever, O'KrYn sortit le dernier. Avant de glisser hors du véhicule, il ouvrit prestement le coffre posé à l'arrière. Le cristal était bien là. Il s'empara d'un morceau qu'il cacha dans une poche de son vêtement.

Avançant sur le quai, il franchit le sas derrière Nunzia qui serrait Joyau contre elle. Ils débouchèrent dans la grande salle de débarquement. Derrière eux, lentement, les battants du sas commençaient à se fermer.

« Lance l'oiseau ! » cria-t-il.

Avant que les gardes autour d'eux aient eu le temps d'esquisser le moindre geste, Nunzia avait plié les bras et envoyé Joyau le plus haut possible. Les ailes de métal de l'animal se déployèrent et lancèrent des reflets qui illuminèrent la salle de débarquement. Toutes les personnes présentes tournèrent la tête en tous sens à la recherche de l'oiseau magnifique qui planait sous la voûte d'acier du vaisseau noir. Nunzia jeta un regard vers O'KrYn. Leurs ennemis étaient à ce point fascinés par le phénix qu'ils en oubliaient de surveiller le Gardien des lunes. Or, celui-ci venait de plaquer le cristal contre son front. La roche s'éclaira soudain de reflets lumineux. Nunzia ouvrit la bouche de stupéfaction. Il était en train de « dompter » en quelque sorte le cristal sauvage d'une de ses lunes ! Il lui transmettait mentalement les informations lues sur l'écran de la navette et par les signes de Nunzia dans sa main !

Lorsque les données contenues dans la fabuleuse mémoire d'O'KrYn furent toutes imprimées dans le cristal, le Gardien des lunes s'avança au centre de la salle de débarquement et leva à son tour les yeux vers la voûte où planait Joyau. Il émit un long sifflement et l'oiseau descendit lentement en tournoyant jusqu'à lui. Les autres autour d'eux étaient comme fascinés. Il y avait quelque chose d'incroyable à voir cet adolescent frêle au regard de chat, seul au milieu de cette immense salle, tendre le poing en direction d'un oiseau métamorphosé en véritable fusée.

« Non ! hurla l'homme à l'uniforme rouge en apercevant le cristal dans la main d'O'KrYn. Arrêtez-le ! »

Il venait de comprendre ce que faisait le Gardien des lunes.

Trop tard. En un vol rapide, le phénix de métal venait de passer en rase-mottes au-dessus d'O'KrYn pour attraper dans ses serres d'acier le cristal arc-en-ciel, porteur de toutes les coordonnées du vaisseau pirate.

Nunzia, le cœur battant, porta les mains à ses joues. Joyau allait-il réussir à franchir la porte du sas à temps ? Il était leur seul espoir. Lui seul pouvait prévenir les secours.

« Va, mon Joyau ! Va à Universelia ! Va à New Terra pour O'KrYn et moi ! » murmura-t-elle les larmes aux yeux.

Comme s'il avait attendu cette ultime supplication de sa maîtresse, l'oiseau plongea d'un coup en direction de la porte. Il se faufila in extremis entre les battants du sas qui se refermaient, rejoignant du coup la navette en partance.

« Inversez la manœuvre ! hurla l'homme en rouge. Rouvrez le sas. Il faut récupérer cet oiseau.

— Impossible, dit l'un des pirates en poste derrière un ordinateur. On n'arrête pas un programme de sas en cours de fermeture. Vous auriez dû réagir plus tôt. Mais ne vous inquiétez pas. Il ne va pas résister longtemps au vide, votre oiseau. Tenez, regardez par ce hublot. Vous verrez la sortie du sas. »

Dans la paroi de la salle de débarquement, un volet s'ouvrit alors sur le spectacle fascinant de la courbure d'Universelia sur le fond noir de l'espace.

Un bruit sourd confirma l'ouverture des battants extérieurs du sas d'appontage. Et dans le tourbillon de l'air se perdant dans l'immensité du vide glacial, tous virent soudain jaillir un éclair d'acier hors du vaisseau noir.

« Criss ! s'écria l'un des hommes de la Faction, l'oiseau est vivant ! Mais qu'est-ce que c'est ?

— Un phénix !... s'exclama l'homme nommé Ryn, je savais bien qu'il ne s'agissait pas d'un quelconque oiseau. »

L'homme en rouge le foudroya du regard, étouffant de colère.

« Un phénix ? reprit l'homme de la Faction. Ce n'est donc pas une légende ! Ils peuvent vraiment voler dans l'espace ! »

Le cœur de Nunzia continuait à tambouriner devant le spectacle sidérant qui se déroulait sous ses yeux. Comme s'il avait voulu confirmer à tous et surtout à ses amis qu'il était parfaitement capable d'évoluer dans le vide intersidéral, le phénix passa et repassa plusieurs fois devant le hublot de la salle de débarquement. La navette apparut à son tour, sortant du sas avec une lenteur d'escargot à côté des accélérations fulgurantes de l'oiseau métamorphosé.

« Va, Joyau ! » murmura encore Nunzia derrière la vitre.

L'oiseau passa une dernière fois devant la baie, avant de foncer comme l'éclair vers Universelia. La

plongée de son corps de métal dans l'atmosphère laissa un éclair rouge derrière lui.

« L'Oiseau de Feu... », dit O'KrYn en s'approchant de Nunzia.

Il lui prit la main. Sa voix étrange s'éleva soudain, figeant encore plus autour d'eux ceux qui regardaient maintenant avec crainte la petite Terrienne et le Gardien des lunes d'Orionis :

« Mon oiseau, mon joyau, mon amour, adieu. »

15

Libres !

« Je vais mourir. J'ai vécu mille ans, il est temps. Je suis l'oiseau de la plus belle des légendes ; celle dont les mots ont voyagé jusqu'au bout de la galaxie. Je vais mourir dans le feu de mon nid, dans le feu du ciel. Mais avant je dois accomplir la mission que Nunzia m'a confiée. Je dois porter le cristal qu'O'KrYn m'a donné. Là, en bas, à New Terra. La chaleur de l'air brûle mes ailes, mon bec saigne et mes serres fondent tandis que je tourne autour de la planète, mais le cristal est là et je le porterai, intact, jusqu'au lieu qui méritera pour un instant son nom : le Sentier de Feu. »

Marien était devant sa chambre, sur la terrasse flottante. Il regardait au loin le soleil se coucher. Depuis deux jours, il avait l'impression qu'un poids énorme lui broyait la poitrine. Lorsque M. et Mme Tivali avaient fait irruption chez lui en demandant quand il avait vu Nunzia pour la dernière fois, il avait soudain pris conscience qu'il avait quitté son amie avec une sensation intense d'agacement. Et depuis, il s'en voulait. C'est vrai qu'elle lui avait cassé les pieds à chercher si longtemps son fameux livre dans les moindres recoins de la Bibliothèque d'Universelia... Il en avait eu assez de fouiller dans la poussière et les vieux grimoires. Et il avait laissé Nunzia continuer toute seule. Or, la vérité avait éclaté. O'KrYn ne lui avait jamais demandé de retrouver ce fameux livre pas plus que son père n'avait voulu que le bibliothécaire l'aide dans ses recherches. Elle s'était entêtée à rechercher ce livre perdu et voilà qu'elle avait disparu ! Comme O'KrYn. Où pouvaient-ils bien être tous les deux ? La police d'Universelia au grand complet était en alerte. La fille du chef de la Délégation terrienne et le Gardien des lunes d'Orionis dans la nature... L'affaire n'était pas ordinaire. De plus, son père s'était fait attaquer dans les couloirs de sa Bibliothèque par des hommes masqués qui lui avaient demandé le fameux livre ! Jérémiah n'avait eu la vie sauve que grâce à l'intervention de l'armée de ses petits robots. Personne n'avait été capable d'identifier ses agresseurs. Il y avait là de quoi être plus qu'inquiet.

« Marien ! Tu viens manger ? » appela sa mère depuis le rez-de-chaussée.

Il allait répondre oui, lorsque quelque chose attira son attention dans le ciel. L'horizon était flamboyant dans le couchant mais un trait rouge fulgurant embrasait le ciel déjà sombre au-dessus de New Terra.

« Maman, cria-t-il, regarde ! »

La cime des arbres se courba sous le souffle du premier passage de Joyau lorsque sa mère sortit sur la terrasse du rez-de-chaussée. La jeune femme leva les yeux juste au moment où le phénix faisait un second passage au-dessus de leur villa. Une traînée de feu immense suivait l'oiseau, comme si les plumes de sa queue étaient en flammes.

« Qu'est-ce que c'est ? s'exclama-t-elle.

— Je crois que c'est le phénix de Nunzia ! »

La traînée de feu réapparut, venant du sud. L'oiseau se mit alors à tourner en vastes cercles concentriques au-dessus de la villa. Tandis que Marien dévalait à toute vitesse en direction du puits antigravitation et déboulait sur la pelouse en contrebas de la maison, le phénix descendait à une altitude de quelques dizaines de mètres. Il vit Marien s'avancer jusqu'au milieu du jardin. Il lâcha alors le cristal d'O'KrYn qu'il tenait toujours dans ses serres. La pierre tomba à une dizaine de mètres devant Marien qui se précipita et se pencha pour ramasser l'objet. Mais il dégageait tant de chaleur qu'il recula.

« Attends, dit sa mère arrivée dans son dos. N'y touche surtout pas. Nous allons prévenir les Tivali et ton père. »

Elle repartit en courant vers la maison.

Marien chercha l'oiseau des yeux. Il leva les mains, dans un geste suppliant pour qu'il descende vers lui, mais l'animal battit des ailes et décrivit un large tour avant de prendre de l'altitude à une vitesse fulgurante.

« Merci, petit humain. Merci de m'offrir ton amitié, mais je suis à Nunzia.

Et maintenant je vais mourir. Pour mieux renaître ensuite. »

*

La coque immense du vaisseau noir frissonna comme si elle avait froid au moment où les pilotes passèrent en propulsion hyperspatiale. Le vaisseau accorda ses données aux balises dissimulées à des années-lumière dans le vide paradoxal de l'hyperespace.

Comme au temps de leur première rencontre, Nunzia et O'KrYn étaient assis côte à côte sur un canapé devant une baie vitrée. Ils regardaient silencieusement les volutes arc-en-ciel entourant le vaisseau. Les éclairs lumineux s'accentuèrent au moment où la contraction de l'espace-temps déforma au maximum les perceptions visuelles de ses passagers.

« Où nous emmenez-vous ? » avait demandé Nunzia.

Mais on ne savait que leur répondre :

« Nous obéissons aux ordres.

— Les ordres de qui ? » questionna O'KrYn.

« U'GaHn, peut-être », pensa Nunzia. Mais elle ne voulait pas peiner O'KrYn en lui faisant part de ses soupçons.

La coque vibra à nouveau. C'était le troisième saut en moins de deux heures.

Nunzia et O'KrYn échangèrent un regard. Le Gardien des lunes avait confié à son amie qu'il était parvenu à mémoriser les données concernant cinq sauts... les cinq premiers points de rencontre entre le vaisseau noir et les balises d'hyperespace gérées par les contrôleurs d'Universelia. Seules ces données étaient imprimées dans le cristal emporté par Joyau. Au-delà de la sphère centrale de la galaxie, ce serait aux contrôleurs des relais suivants de donner de nouvelles coordonnées aux pilotes. Sans aucun doute, le vaisseau noir allait-il éviter de se ravitailler à la station artificielle du Grand Maat pour ne pas se faire repérer. Si les secours venant d'Universelia n'arrivaient pas avant le cinquième saut, il serait alors très difficile, voire impossible, de les localiser dans l'immensité de la Voie lactée.

« Mais les secours vont arriver à temps, n'est-ce pas ? murmura Nunzia, les yeux toujours rivés sur la baie. J'ai confiance en Joyau. Comment savais-tu qu'il était capable de voler dans le vide ?

— Dans la légende il est dit que le phénix fait le tour de la planète à une hauteur et une vitesse vertigineuses, puis qu'il meurt pour ensuite renaître de ses cendres.

— Joyau va mourir ? » demanda-t-elle soudain atterrée.

O'KrYn ne répondit pas. Ses yeux de chat avaient une expression impénétrable.

« Et nous, nous allons mourir ? »

Il la prit par l'épaule, mais resta silencieux.

Nunzia prévoyait le pire. Les malfaiteurs étaient capables d'obliger le Gardien des lunes à s'adresser à son peuple. Comment résisterait-il, lui qui *ne pouvait mentir* ? Il leur suffirait de le faire parler, puis d'arranger l'enregistrement à leur manière et de le diffuser sur Orionis.

Ensuite rien ne les empêcherait de le faire disparaître. Quant à elle... Elle en savait trop. Tout reposait sur Joyau et sur la faculté des Terriens à réussir à décoder le fameux cristal sauvage.

La coque vibra pour la quatrième fois.

Malgré tout le courage dont elle voulait faire preuve, Nunzia se mit à trembler. Jamais elle n'aurait cru qu'on puisse aller aussi vite d'un point à un autre de l'hyperespace. Ces bandits étaient des démons ! À ce train d'enfer ils allaient quitter la sphère du centre de la galaxie en quelques heures.

Pour faire diversion, O'KrYn se mit à lui parler de son monde :

« Je suis convaincu que ceux qui se sont installés sur la lune Rouge tentent d'en exploiter le cristal pour ses propriétés de mémoire totale. Et ils l'ont déjà fait à une échelle importante. Le contact que j'ai eu avec le sol de la planète ne faisait aucun doute. Un arrachement a été perçu par mon cerveau minéral, un peu comme une douleur d'amputation.

— Que veux-tu dire ?

— Lorsqu'on coupe une jambe à quelqu'un, son cerveau garde pendant longtemps le souvenir du membre amputé. Et il n'est pas rare d'entendre de grands blessés dire qu'ils souffrent d'un pied qu'ils n'ont plus depuis longtemps.

— Tu veux dire que c'est ainsi que réagit ton cerveau minéral : en gardant le souvenir douloureux de ce qui serait retiré aux lunes d'Orionis ? »

Le garçon acquiesça en silence.

« O'KrYn. Tu es un être unique.

— Toi aussi, Nunzia !

— Tu me l'as déjà fait remarquer, dit-elle en riant. Ne me dis pas que tu ne t'en souviens plus... »

Il se mit à rire avec elle. Puis soudain sérieux :

« Il y a quelque chose que je voudrais te dire depuis longtemps... »

Il ne poursuivit pas sa phrase mais se pencha doucement vers elle jusqu'à effleurer ses lèvres d'un baiser. Nunzia se tétanisa sous la surprise puis ferma les yeux, le cœur battant à tout rompre. Elle eut l'impression qu'autour d'elle le vaisseau tanguait en même temps qu'éclatait dans ses tympans le chant de mille sirènes.

« Woooooh... »

Elle mit un instant à comprendre que ses sens n'étaient pas le jouet d'une illusion, mais que le vaisseau noir tanguait bel et bien, tandis que toutes les sirènes d'alarme hurlaient dans les coursives !

« Que se passe-t-il ? »

Elle rouvrit les yeux.

O'KrYn s'était levé et lui tendait la main pour qu'elle en fasse autant. Elle quitta le canapé à regret.

« Le navire est peut-être attaqué par les vaisseaux de la police d'Universelia ! s'exclama le Gardien des lunes.

— Alors on est sauvés ! cria Nunzia ; puis se renfrognant immédiatement : Ils auraient pu attendre encore un peu, dit-elle avec un regard d'envie vers le canapé, on les attend depuis des heures et ils arrivent juste au mauvais moment... ! »

O'KrYn sourit et entoura ses épaules de son bras pour la serrer contre lui.

« Le destin, Nunzia, le destin nous rappelle toujours à l'ordre... »

Elle fit une grimace moqueuse.

« Il aurait pu nous laisser un quart d'heure de plus, ton destin... »

Depuis le temps qu'elle attendait ça... Elle leva les yeux vers O'KrYn. Il la tenait toujours serrée contre lui. Était-il poussé par ses sentiments ou voulait-il seulement la protéger ?

Elle soupira. Le garçon aux yeux de chat plongea son regard dans le sien. Elle vit briller le reflet d'une larme au coin de ces yeux étranges. Elle accrocha ses bras derrière son cou et l'embrassa à son tour. Puis elle se serra contre lui et dit simplement :

« Je ne t'oublierai jamais. »

*

L'attaque fut foudroyante. Des rayons tracteurs immobilisèrent le vaisseau pirate afin de l'empêcher de plonger à nouveau dans l'hyperespace. Puis une multitude de soldats en combinaison spatiale s'approchèrent de la coque du navire où ils placèrent des charges explosives pour éventrer les portes don-

nant à l'extérieur. Ensuite, ils s'engouffrèrent dans le ventre du vaisseau.

Le temps parut interminable à Nunzia et O'KrYn, entre les bruits d'explosions dans les couloirs, les sirènes qui hurlaient toujours et les cavalcades au-dessus et en dessous du salon où ils se trouvaient.

Côte à côte, ils regardèrent par l'immense baie vitrée les vaisseaux-torpilleurs de la police d'Universelia s'approcher bord à bord du vaisseau de la Faction. Ils virent la bannière des Pensants d'Orionis se déployer en hologramme dans l'espace devant le vaisseau noir. Ils entendirent enfin la voix de Dorian Tivali résonner dans les haut-parleurs du vaisseau et annoncer que le commandant venait de se rendre et que tout l'équipage était sommé de déposer les armes. Les deux jeunes gens sautèrent de joie dans leur prison. Ils étaient vraiment sauvés. Enfin les portes intérieures furent forcées et les électroniciens se mirent à déconnecter les circuits pour parvenir jusqu'au salon où ils se trouvaient. Pendant tout ce temps, ils se tinrent l'un contre l'autre, les doigts entrecroisés.

Lorsque le destin les rattrapa et que la porte s'ouvrit à toute volée, Dorian Tivali les trouva l'un près de la baie, l'autre appuyée contre le mur, le visage grave, les yeux brillants.

Quelques instants plus tard, les larmes de Nunzia dans les bras de son père avaient un étrange goût doux amer.

16

Devant le Conseil

Les onze membres du Conseil d'Universelia étaient installés autour d'une immense table ovale. À l'une des extrémités de cette table, Nunzia était assise entre son père, dernier Conseiller nommé, et sa mère, invitée en la circonstance. En face d'eux se trouvait O'KrYn en grande tenue d'apparat, bras, cou et visage tatoués. U'GaHn était à son côté.

Le Conseiller Rurr de la Délégation des Asters du Grand Cygne, qui menait les débats dans l'affaire Orionis, prit la parole.

« Si ce que dit le Gardien des lunes est exact... », commença-t-il.

U'GaHn se leva, tel un diable jaillissant de sa boîte.

« Offense ! cria-t-il, le Gardien des lunes ne ment jamais ! Comment osez-vous mettre sa parole en doute ? »

Nunzia vit O'KrYn poser sa main sur le bras d'U'GaHn pour lui intimer l'ordre de se rasseoir. Le Maître-Pensant s'inclina légèrement vers le Gardien des lunes et se rassit, fulminant malgré tout dans son coin.

En dépit de ce qu'elle savait maintenant sur lui, Nunzia ne parvenait toujours pas à le trouver sympathique. Elle se souvenait trop des regards assassins qu'il lui avait lancés à chaque fois qu'elle l'avait rencontré. Pourtant, c'était bien le même U'GaHn qui était spontanément venu voir son père afin qu'ils unissent leurs efforts pour la chercher en même temps qu'O'KrYn.

« Suite aux déclarations faites par les pirates arrêtés dans le vaisseau noir de la Faction, reprit le Conseiller Rurr, en faisant un signe aux huissiers, nous appelons dans cette salle le Chef du Protocole terrien : Perec Evguenir. »

Evguenir entra, encadré par deux gardes blancs d'Universelia. L'homme était congestionné. Il tenait à la main un mouchoir de fin tissu dont il s'épongeait le front. Il regarda tour à tour les personnes présentes autour de la table. Lorsque son regard tomba sur Nunzia, il lança des éclairs de rage. Elle en frissonna.

« Perec Evguenir, vous êtes accusé, au même titre que les membres de la Faction que nous avons arrêtés, d'enlèvement, de séquestration, et d'exploitation illégale du sous-sol de la lune Rouge d'Orionis.

— Rien que ça..., ironisa le Chef du Protocole. Vous avez des preuves ?

— Des témoins à charge », répondit le Conseiller Rurr.

Il fit un signe à l'huissier qui introduisit un individu en costume de toile brune. Il avait des menottes magnétiques aux poignets. Dorian Tivali demanda qu'on le libère de ses liens et précisa qu'il était le capitaine du vaisseau arraisonné. Il était recherché depuis de nombreuses années pour différents actes de piraterie. En s'avançant, l'homme jeta un regard de biais vers Evguenir qui leva le poing en sa direction. Mais le capitaine n'en tint pas compte. Il se mit à parler tranquillement.

« Je m'appelle Sylvien. J'ai rencontré cet homme il y a un peu plus d'un an, fit-il en désignant du menton Perec Evguenir. Il m'a proposé une affaire sans risque, disait-il. Il avait, de par ses fonctions, côtoyé de nombreux Pensants et s'était renseigné sur les pouvoirs des Gardiens des lunes. Il en avait conclu qu'il y avait dans le sous-sol des lunes d'Orionis du cristal de la même nature que celui du cerveau des

Hommes-Mémoire. Ce cristal sauvage avait forcément les mêmes propriétés fabuleuses puisqu'il entrait en résonance avec le cerveau du Gardien des lunes. D'où l'idée d'exploiter le cristal des lunes d'Orionis en vue de fabriquer des mémorisateurs-communicateurs. Mais Evguenir n'a jamais réussi, malgré tous ses efforts, à rencontrer un Pensant qu'il aurait pu soudoyer. Il m'a donc contacté pour que je serve d'intermédiaire entre lui et certains acheteurs. J'ai procédé à quelques transactions. Mais je ne sais pas combien de ces cristaux ont été mis au point ni où. »

Dorian Tivali prit la parole :

« Nous le savons. Ils étaient fabriqués dans un laboratoire clandestin sous la Fosse des Tempêtes. Nous avons saisi différents instruments après être allés là-bas sur les conseils d'un ami de ma fille. »

Marien avait fini par croire aux rêves de Nunzia...

« Ce sont ces appareils sophistiqués qui nous ont permis de décoder le message du cristal apporté par le phénix. »

L'allusion à l'oiseau fit venir les larmes aux yeux de Nunzia. Depuis son retour à New Terra, elle ne l'avait pas revu.

Elle regarda O'KrYn. Il eut un sourire léger. Ses lèvres remuèrent sur des mots silencieux :

« Il reviendra. »

Dorian Tivali poursuivait :

« Le cristal apporté par l'oiseau n'était que mémorisateur. Les appareils clandestins de la Fosse des Tempêtes ont permis à nos ingénieurs de le transformer en communicateur pour prendre connaissance du message d'O'KrYn. Tous les trafiquants sont sous les verrous. Et nous avons également capturé tous les mineurs qui, sur la lune Rouge, exploitaient les veines de cristal. Tous vous accusent, Evguenir. »

Le Chef du Protocole s'épongea le front. Il était maintenant pâle comme un mort.

« De plus, continua le père de Nunzia, ma fille vous avait dit qu'elle connaissait la destination de la prochaine migration des Orionis après l'avoir lue dans un livre. C'est donc vous qui avez donné l'ordre de l'enlever. C'est vous également qui avez lancé un commando à la recherche du livre dans la Bibliothèque terrienne. Vous ne pouvez plus nier. »

Les poings fermés, Evguenir lança un regard haineux à Nunzia et à O'KrYn. Ces deux gamins avaient tout fichu en l'air.

« Pourquoi ? lui demanda le Gardien des lunes. Pourquoi tout ça ?

— J'avais une chance sur quatre..., répondit l'homme en prenant un air hautain. Si tu n'avais pas choisi cette saleté de lune Rouge où j'avais déjà envoyé mes mineurs, j'avais cent ans devant moi pour l'exploiter... Il ne me restait qu'une solution : t'éliminer afin que ta disparition sème la panique parmi tes sages Orionis. Sans toi, ils seraient tombés dans le chaos.

— Mais je n'ai pas été éliminé..., dit calmement O'KrYn.

— Parce qu'aucune de ces larves que je paie pourtant très cher ne voulait se salir les mains en te tuant ! hurla Evguenir au travers de la salle. Les jours qui ont suivi ton enlèvement, je ne pouvais quitter New Terra de peur qu'on remarque mon absence. J'allais te tuer moi-même, lorsque cette fille, cracha-t-il en montrant Nunzia, m'a parlé du livre qui annonçait les migrations. À quoi bon ta mort si un livre pouvait te remplacer ? Il fallait que je trouve ce livre. En attendant de mettre la main dessus, je vous ai confiés tous les deux à la Faction. Vous pouviez encore me servir de monnaie d'échange...

— Hélas ! pour vous, conclut O'KrYn, nous avons réussi à prévenir les secours grâce au phénix. »

L'Enfant-Mémoire passait sous silence ses formidables pouvoirs qui avaient permis de faire connaître à la police d'Universelia la position du vaisseau noir dans l'hyperespace. Mais tous autour de la table en étaient conscients.

« Tant d'argent, cracha Evguenir avec un rictus, tant de richesses inexploitées par une bande d'écologistes mystiques... »

U'GaHn fulmina en entendant ces paroles. Seul le

regard très calme de son chef spirituel le dissuada d'intervenir.

« Vous avez perdu, monsieur Evguenir, dit encore O'KrYn de sa voix étrange. Mais moi j'ai gagné. J'ai gagné la certitude qu'aucun des Pensants n'a accepté de se laisser corrompre par vous. Les Orionis restent fidèles à leurs idées. Vous m'en apportez la preuve. Pour cela, je vous dis merci. »

Evguenir devint livide et recula d'un pas comme si le Gardien des lunes l'avait giflé. L'assistance était tétanisée. Le regard d'O'KrYn avait l'éclat d'une lame.

« Je ne vois plus rien à ajouter, intervint enfin le Conseiller Rurr. Gardes, emmenez les deux prisonniers ! »

Épilogue

Dorian Tivali présenta des excuses officielles au nom du peuple terrien pour les dégradations commises sur la lune Rouge. O'KrYn les accepta avec satisfaction et vint se placer entre Dorian Tivali et Nunzia.

« Grâce à vous, la migration des Orionis pourra avoir lieu vers la lune Rouge dans la paix. Je vous en suis reconnaissant, monsieur Tivali. Maintenant, Nunzia, poursuivit-il en se tournant vers son amie, si tu nous disais où tu as mis ce fameux livre que tout le monde croit perdu ? »

Autour de la table, les Conseillers échangèrent des regards stupéfaits.

« Il est chez toi. »

O'KrYn pas plus que les onze membres du Conseil d'Universelia n'oublieraient de sitôt la mine tranquille de Nunzia lorsqu'elle prononça ces quelques mots.

Elle expliqua qu'après avoir lu *Les Lunes d'Orionis*, convaincue que des Pensants étaient à l'origine de l'enlèvement du Gardien des lunes, elle avait décidé de mettre le pied dans le nid de vipères. Elle avait tout simplement décidé de cacher le livre là où les Pensants n'iraient certainement pas le chercher : au sein même de leur Délégation ! Elle l'avait donc adressé par envoi télépostal à O'KrYn en personne.

« Mais je n'étais déjà plus à la Délégation ! s'étonna le Gardien des lunes. Tu m'as dit avoir retrouvé le livre *après* mon enlèvement.

— Exact. Justement, je comptais sur le fait que personne n'irait ouvrir ton courrier en ton absence. »

O'KrYn se mit à rire.

« C'était risqué...

— Je m'étais suffisamment rendu compte à quel point tu étais respecté. J'étais assurée que, même si tu avais disparu, ta personnalité était telle que personne n'oserait toucher à tes affaires. Ai-je eu tort ? »

O'KrYn dut admettre qu'elle avait raison. Le Conseil dépêcha quelqu'un pour récupérer le paquet dans le courrier du Gardien des lunes. Au milieu de cubes holographiques, de messages de toute nature, on retrouva un petit paquet rectangulaire sur lequel était écrit en grosses lettres : *Personnel.* On l'apporta avec précaution au Conseiller Rurr. L'Aster du Grand Cygne l'ouvrit religieusement et s'approcha d'O'KrYn.

« Bien que d'origine terrienne, ce livre vous appartient, O'KrYn, car il fait partie intégrante de votre système de vie. Je vous le remets solennellement au nom de l'ensemble du Conseil de la planète du Savoir. »

O'KrYn s'inclina très bas et remercia toute l'assemblée.

*

« Je dois partir, mais U'GaHn reste sur Universelia. »

Nunzia leva les yeux au ciel.

« Il ne va pas être d'une compagnie très gaie.

— Il s'entend bien avec ton père. J'espère qu'au fil du temps tu réviseras ton jugement sur lui. Il ne faisait que me protéger.

— Contre moi... Ça m'étonnerait qu'il accepte de me faire la conversation... »

O'KrYn sourit. Il avait du mal en effet à imaginer U'GaHn écoutant Nunzia lui parler du Gardien des lunes en disant que les dieux vivants, ce n'était pas son truc...

Ils étaient tous deux assis dans le parc de la Bibliothèque où ils venaient de rendre officiellement à Jérémiah Cloze ce qui n'aurait jamais dû lui être volé : *Les Lunes d'Orionis*. Marien était venu avec eux. Tout heureux, Jérémiah avait montré un bataillon de quinze nouveaux robots-trieurs qui s'affairaient déjà entre les étagères. Nunzia avait dit qu'elle regretterait les anciens. Mais pour la sécurité des livres, il valait mieux qu'ils soient classés par des aides efficaces ! Dorian Tivali était enfin allé rendre visite à cette zone si peu fréquentée. Il avait parcouru les immenses étages et, comme sa fille, il avait découvert le plaisir sensuel du contact avec les vieux livres et leur odeur si particulière... Il avait fait débloquer des crédits pour les archives papier.

Universelia ferait désormais un peu plus de place à ses trésors.

« Monsieur Cloze, avait dit Nunzia en tendant le livre au Conservateur, je sais que j'ai commis une grave faute en emportant ce livre ! Nous vous le rapportons aujourd'hui, O'KrYn et moi, en vous demandant de bien vouloir le mettre à l'abri des regards.

— Ce livre, comme vous le savez maintenant, a été donné au peuple des Orionis, continua O'KrYn. Sa place est pourtant ici, car nous ne saurions qu'en faire. Comme il fait état des prochaines migrations des Orionis pour encore quelques siècles, il ne faut pas qu'il tombe en de mauvaises mains. »

Jérémiah avait approuvé tout en caressant amoureusement la reliure de l'ouvrage.

« Je mériterai votre confiance, O'KrYn, ainsi que mes successeurs, dit-il. Merci de ne pas l'avoir détruit. Même s'il contient des vérités, vous savez tout comme moi qu'il ne remplacera jamais les Gardiens des lunes dans leur mission de guides spirituels. Considérez qu'il est désormais la propriété des Hommes-Mémoire d'Orionis qui seront les seuls autorisés à le consulter. »

L'Enfant-Mémoire avait longuement serré la main du bibliothécaire.

Marien, qui avait assisté à toute la rencontre, finit par laisser Nunzia et O'KrYn seuls dans le parc, prétextant des choses urgentes à faire en ville.

Le ciel au-dessus de la Fosse de New Terra était d'un bleu profond. L'automne serait bientôt là.

Sur les genoux de Nunzia était posé son journal informatique. Elle l'avait apporté à la demande d'O'KrYn. Il voulait lire les derniers poèmes qu'elle avait écrits. Il s'était plongé dans la lecture de ses pages-écrans tandis qu'elle regardait le vent soulever une mèche de cheveux sur le front du Gardien des lunes. Jugeant que son texte parlerait pour elle, elle lui fit lire aussi ce qu'elle avait écrit quand elle avait cru ne jamais le revoir.

« Tu pars quand ? finit-elle par demander.

— Demain. »

Nunzia sentit son cœur se briser. Son Ami-Mémoire la quittait.

« Et tu reviens quand ? »

Le silence d'O'KrYn amena les larmes dans les yeux de Nunzia. Il la prit dans ses bras et se mit doucement à la consoler. Longtemps il la tint contre lui en lui récitant ses propres poèmes et enfin il lui dit :

« Souviens-toi, dans le vaisseau noir, je t'ai dit qu'il y avait quelque chose que j'avais envie de te dire depuis longtemps. Nunzia... »

*

Appuyée contre le tronc d'un arbre du Sentier de Feu, Nunzia regardait dans le ciel couchant un trait de lumière qui s'éloignait d'Universelia. Le *Vangélis* était revenu et le grand vaisseau emportait O'KrYn. Le Gardien des lunes d'Orionis partait annoncer officiellement à son peuple que la prochaine migration aurait lieu en direction de la lune Rouge. Ensuite il prendrait un des vaisseaux d'Orionis et se rendrait en compagnie de ses fidèles Pensants sur la lune des Déserts. Là, en accord profond avec son monde, il panserait les plaies du cristal. Ainsi, plus tard, beaucoup plus tard, un nouveau Gardien pourrait naître.

Un mouvement dans l'arbre au-dessus d'elle attira son attention. Elle leva les yeux et vit dans les branches un reflet multicolore. Elle essuya d'un revers de manche les larmes qui noyaient ses yeux et scruta les profondeurs vertes. Soudain un oiseau en jaillit. Un phénix ! Il semblait tout jeune, son plumage avait encore l'aspect du duvet. Il la regarda de son regard pénétrant, puis roula des yeux en direction du ciel. Elle suivit le regard de l'oiseau et dit au bout d'un moment :

« Il est parti... et sais-tu ce qu'il m'a dit ? »

Elle tendit le poing et le phénix vint s'y poser.

Les mots d'O'KrYn résonnaient encore en elle :

« Je ne t'oublierai jamais. »

DANIELLE MARTINIGOL

Née en 1949 au cœur des grands vignobles bourguignons, à Meursault, Danielle Martinigol a passé une vingtaine d'années à enseigner le français dans un collège de l'Essonne. Aujourd'hui, elle a retrouvé sa région natale où elle vit et travaille. En tant que romancière, elle s'efforce, sur fond de réflexions écologiques, de respecter la règle des trois A : Aventure, Amour, Ailleurs. Cela lui réussit à merveille : *Les Oubliés de Vulcain,* par exemple, paru au Livre de Poche Jeunesse en 1995, a obtenu le Prix Tam-Tam de « Je bouquine » 1995 et le Prix de la P.E.E.P. 1996.

ALAIN GROUSSET

Né en 1956 dans la Creuse, mais ayant émigré très tôt à Orléans où il habite toujours, Alain Grousset est tombé tout petit dans la science-fiction. Après avoir créé avec deux amis la revue *Fantascienza,* il obtient en 1990 le Grand Prix du Livre pour la Jeunesse pour son premier roman, *La Citadelle du vertige*, et le Grand Prix de l'Imaginaire en 1994 pour *Les Chasse-Marée*, tous deux parus au Livre de Poche Jeunesse.

TABLE

Si vous avez aimé ce livre, vous aimerez aussi dans la collection Le Livre de Poche Jeunesse :

La nuit des bêtes
Jean-Pierre Andrevon
Des bêtes en liberté dans la ville, une nuit d'alerte nucléaire... et d'autres histoires où se mêlent animaux et enfants.
9 ans et +
N° 637

Une histoire de peau
Jeanne Benameur
Trois nouvelles de Science-fiction, qui dénoncent les dérives d'une société incapable d'établir une harmonie entre les hommes et le temps. Une façon de parler du futur pour mieux réfléchir sur le présent.
12 ans et +
N° 635

La guerre des plaines bleues
Jean-François Chabas
Dans le futur, une troisième guerre mondiale oppose l'Euroconfed à PanAsia. Virgil, en digne fils de militaire, s'y engage. Il en découvre l'horreur mais aussi l'inutilité.
13 ans et +
N° 774

Le cœur en abîme
Christian Grenier
Rémiro, spéléologue, a pour mission de trouver du sélénium dans le sous-sol de la planète Samos. Mais il découvrira aussi l'amour de Carmin...
11 ans et +
N° 557

La machination
Christian Grenier
Un jeune cosmonaute se retrouve mêlé à un complot contre la Terre. Mais il a des alliés sur une planète pacifique.
11 ans et +
N° 56

Virus L.I.V. 3 ou La mort des Livres
Christian Grenier
Le gouvernement des Lettrés a interdit les écrans et promu la lecture obligatoire. Mais un étrange virus efface les mots des livres au fur et à mesure qu'ils sont lus. Œuvre des Zappeurs, jeunes des banlieues adeptes de l'image ?
11 ans et +
N° 653

La citadelle du vertige
Alain Grousset
Sur la Terre, il y a les Autres, les Mortels, et dans la cathédrale qui se rapproche des étoiles, les élus. Malheur à ceux qui, comme Symon, tentent de regagner la Terre. Mais pourquoi ?
10 ans et +
N° 338
Grand Prix du Ministère de la Jeunesse et des Sports 1990

Les Chasse-Marée
Alain Grousset
Rejetée par son peuple, les Chasse-Marée, Laël s'enfuit sur un bateau consacré au dieu du Fer, mais dont on ignore la destination. Un voyage aventureux vers la mystérieuse planète Marys.
10 ans et +
N° 463
Grand prix de l'imaginaire 1994

Ciné-Cauchemar
Olivier Jozan
En flânant dans les arènes de Fréjus, Marc croit être tombé en plein tournage d'un péplum. Il s'est en fait égaré dans l'Empire romain...
10 ans et +
N° 633

L'or bleu
Danielle Martinigol
Bruce vit dans un satellite artificiel. Mais en découvrant la Terre asséchée, il n'a plus qu'un but : percer le secret de l'"or bleu" qui rendrait l'eau à la Terre.
11 ans et +
N° 279

Les oubliés de Vulcain
Danielle Martinigol
Charley et ses amis entreprennent secrètement de nettoyer la planète Vulcain. Mais la terrible "rouille fulgure" attaque un à un les nettoyeurs.
11 ans et +
N° 541
Prix Tam-Tam de Je Bouquine
Prix Lire au collège
Prix St Dié des Vosges 1995
Grand prix desJeunes Lecteurs de la PEEP 1996

Les soleils de Bali
Danielle Martinigol
XXIe siècle. Un chercheur disparaît... Méric est chargé de retrouver sa trace dans l'île de Bali, en Indonésie.
11 ans et +
N° 454

Composition JOUVE – 53100 Mayenne
N° 308390u
Imprimé en Italie par G. Canale & C.S.p.A.-Borgaro T.se (Turin)
Septembre 2002 - Dépôt éditeur n° 23404
32.10.2059.7/01 - ISBN : 2.01.322059.6
Loi n° 49-956 du 16 juillet 1949 sur les publications destinées à la jeunesse
Dépôt légal : octobre 2002